NAME: Justus Jonas
FUNKTION: Erster Detektiv
FRAGEZEICHENFARBE: weiß
BESONDERE MERKMALE: das Superhirn der drei
Meister der Analyse und Wortakrobatik; er
schneller Schwimmer; zu Hause auf de
platz von Tante Mathilda und Onkel Titus
Nachdenken an seiner Unterlippe
IST FAN VON: Tante Mathildas Kirschkuche
Denksport aller Art

NAME: Peter Shaw
FUNKTION: Zweiter Detektiv
FRAGEZEICHENFARBE: blau
BESONDERE MERKMALE: für körperliche Herausforderungen immer zu haben, dafür kein Ass in der Schule; großer Tierfreund; Spezialist für Schlösser aller Art, die seinem Dietrichset einfach nicht standhalten können; neigt zu Vorsicht und Aberglauben
IST FAN VON: schnellen Autos (insbesondere seinem MG), der südkalifornischen Sonne, so ziemlich jeder Sportart

Die drei ???®

Die drei ???®
und der grüne Kobold

erzählt von Marco Sonnleitner

Kosmos

Umschlagillustration von Silvia Christoph, Berlin
Umschlaggestaltung von eStudio Calamar, Girona, auf der Grundlage der Gestaltung von Aiga Rasch (9. Juli 1941 – 24. Dezember 2009)

FSC
www.fsc.org
MIX
Papier aus verantwortungsvollen Quellen
FSC® C014496

Gedruckt auf chlorfrei gebleichtem Papier

ISBN 978-3-440-14839-6
Redaktion: Annemarie Chiappetta
Lektorat: Nina Schiefelbein
Produktion, Layout und Satz: DOPPELPUNKT, Stuttgart
Druck und Bindung: GGP Media GmbH, Pößneck
Printed in Germany / Imprimé en Allemagne

Die drei ???®
und der grüne Kobold

Schock in der Nacht

Das bedrohliche Donnern des Basses ging durch Mark und Bein. Wie die Schritte eines Riesen, der sich langsam, aber unaufhaltsam näherte.

»Ich kann nicht hingucken, ich kann gar nicht hingucken!« Peter Shaw rutschte auf dem Sofa noch ein Stück weiter nach unten und zog sich die karierte Wolldecke über den Kopf. »Gebt mir Bescheid, wenn's vorbei ist!«

Sein Freund und Detektivkollege Bob Andrews schob sich eine Handvoll Popcorn in den Mund. »Immer noch Schneesturm. Man sieht gar nichts. Wirklich superspannend dieser Film.« Genüsslich mampfend drehte er den Kopf nach links. »Ist das so ein Whiteout, Justus?« Er nickte zu der DVD-Hülle, die neben ihm auf dem Sofa lag. Der Titel des Films, *Whiteout*, prangte in großen weißen Lettern über dem angsterfüllten Gesicht der Hauptdarstellerin.

»Nein.«

»Was passiert denn da?«, kam es dumpf unter Peters Decke hervor. Zu den Basstönen gesellte sich jetzt noch ein fieses, disharmonisches Quietschen. So als würde ein Messer über Geigensaiten streichen. »Hat er sie schon erwischt?«

Justus Jonas, der Kopf der drei ???, griff in die Schale mit Käsecrackern. »Ein Whiteout ist ein meteorologisches Phänomen, das nur bei Schnee in Kombination mit eingeschränkter Sonneneinstrahlung auftritt. Durch die diffuse Reflexion des Sonnenlichtes kommt es zu einer Kontrastverminderung –«

»Just, nicht jetzt!«, unterbrach ihn die Stimme unter der Decke. »Du machst mit deinem Gelaber die ganze Spannung kaputt!«
»Gelaber! Du siehst doch sowieso nichts.«
»Ja, weil ich vor lauter Spannung nicht hinschauen kann!« Eine Hand kam unter der Decke hervor und schnappte auf und zu. »Ich muss dringend was trinken. Kann mir mal einer meine Cola geben, bitte?«
Die musikalische Untermalung des Thrillers entspannte sich wieder ein wenig. Der Bass wurde leiser, das Messer quietschte ein letztes Mal auf der Geige.
Bob griff hinter sich, nahm die Colaflasche und drückte sie Peter in die Hand. »Ich glaube, der kriegt sie jetzt doch noch nicht. Du kannst wieder rauskommen, Ironman.«
»Sicher?«
»Der Schneefall wird auch weniger. Die Luft ist rein.«
Peter schob seinen Kopf unter der Decke hervor und linste vorsichtig zum Fernseher. »Der Typ kommt doch sicher gleich zurück.«
»Ja, aber dann kann unser Superheld ja wieder in seine sichere Kuschelhöhle abtauchen.« Bob grinste Peter an und hielt ihm die Popcornschüssel hin. »Nervennahrung?«
Kuschelhöhle. Das ganze Wohnzimmer der Familie Jonas glich im Augenblick einer Kuschelhöhle. Die drei Jungen hatten alle Sofas und Sessel zu einer einzigen großen Sofaburg zusammengeschoben, hatten alle verfügbaren Decken und Kissen darauf drapiert und sich Liegeplätze daraus gebaut. Auf dieser Sofaburg und um sie herum lagen und standen strategisch günstig Chipstüten, Schälchen mit Marshmallows,

Crackern, Popcorn, die Reste der Familienpizza Hawaii, die sie sich hatten liefern lassen, sowie diverse Getränke. Justus war der Herr über die Fernbedienung, Bob verwaltete die DVDs, die sie sich in dieser Nacht noch ansehen wollten, und Peter sorgte aus einer Kiste am Boden für Nachschub, falls mal eine Tüte, Schale oder Flasche leer war. Die Rollläden waren heruntergelassen, die Vorhänge zugezogen, das Licht gedimmt und draußen regnete es seit dem Nachmittag unaufhörlich und wie aus Eimern.

Tante Mathilda und Onkel Titus wären natürlich alles andere als begeistert gewesen, wenn sie gesehen hätten, was die drei Detektive in ihrem Wohnzimmer angerichtet hatten. Und wo sich im Moment überall Chipskrümel und Pizzabrösel befanden. Aber die beiden waren nicht da. Sie waren ausgeflogen. Und das sogar für drei Tage.

Als *Whiteout* zu Ende war, krabbelte Bob zum DVD-Player, um den Film zu wechseln. »Dein Onkel war nicht besonders glücklich über den Ausflug, oder? Deine Tante musste ihn ja förmlich aus dem Haus schleifen.«

Justus zuckte die Schultern. »Er hasst es, den Schrottplatz alleine lassen zu müssen, aber Tante Mathilda bestand darauf, dass er mitkommt.«

»Und deine Tante hat den Hotelaufenthalt tatsächlich mit einem Anruf gewonnen?« Peter schob zwei verrutschte Teile der Sofaburg wieder zusammen.

»Ja. Sie rief während irgendeiner ihrer Kochsendungen genau zum richtigen Zeitpunkt im Studio an und gewann ›einen dreitägigen Aufenthalt für zwei Personen im Hotel Lakshmi – all-inclusive‹!«

»Ist das dieser Wellness-Tempel bei Malibu, über den ab und zu was in der Zeitung steht?« Bob holte *Whiteout* aus dem DVD-Player und legte einen »Vampirschocker« ein, wie die Beschreibung auf der Hülle den Streifen anpries. Es war kurz vor Mitternacht und sie hatten sich darauf geeinigt, dass das jetzt der passende Film sei.

»Mehr als das.« Justus klaubte ein paar Crackerkrümel auf. Den Rest musste morgen der Staubsauger erledigen. »Es handelt sich dabei um ein veganes, bio-zertifiziertes Wellness-Hotel, das auf Ganzheitlichkeit, Nachhaltigkeit und seelische und spirituelle Stärkung und Erneuerung setzt.«

»Und auf so was steht deine Tante? Vegan und bio und spirituell und so?«, wunderte sich Peter. »Komisch. Ich hab sie noch nie bei Vollmond mit Räucherstäbchen um euren Kirschbaum tanzen sehen.«

Justus lachte. »Sie meinte, einem geschenkten Gaul schaut man nicht ins Maul.«

»Fertig!« Bob robbte wieder zurück auf seinen Platz. »Die *Symphonie der Unterwelt* kann starten.«

Wirklich schockierend war der Vampirschocker aber dann doch nicht. Die Effekte waren billig, die Schauspieler zweitklassig, die Story an den Haaren herbeigezogen. Peter schlief mit einer Chipstüte im Arm als Erster ein. Nicht lange danach versank Bob im Sitzen und mit offenem Mund im Land der Träume und kurz darauf kippte Justus' Kopf auf Bobs Schulter. Dabei fiel ihm die Limoflasche aus der Hand und das gelbliche Gebräu sickerte leise und langsam in Tante Mathildas Lieblingssessel.

»Ja … was ist denn hier passiert?«

Justus schlug die Augen auf. Er verschluckte sich und atmete schnarchend ein. Was war das? Der Fernseher? Auf dem Bildschirm stieg der Vampir gerade in seinen Sarg. Der Film lief also noch, er konnte nicht lange geschlafen haben.

»Justus!«

Der Erste Detektiv zuckte zusammen. »Onkel … Titus?« Er rieb sich die Augen und sah noch mal genau hin.

Sein Onkel stellte sich demonstrativ zwischen Sofaburg und Fernseher. »Was soll das …« Er breitete die Arme aus und sah sich ungläubig um. »Was zum Teufel ist hier los?«

Bob gab schmatzende Geräusche von sich und rieb sich wohlig seine Nase an der Wolldecke. Davon wachte Peter auf, drehte sich zur Seite und kippte dabei die restlichen Chips auf das Sofa.

»Aber ich dachte … Was … machst du hier?« Justus fühlte, wie ihm das Blut in den Kopf strömte. Nicht gut! Seine Hand ertastete etwas Nasses und aus dem Augenwinkel bemerkte er, wie sich Peter schlaftrunken in Chips wälzte. »Es ist …«, Justus sah zur Kuckucksuhr an der Wand, »… kurz nach zwei Uhr nachts! Ich dachte, ihr seid im Hotel?«

»Da waren wir auch. PETER!«

Der Schrei ließ den Zweiten Detektiv hochfahren. »Was? Wo? Hier!«

»Du badest in Chips! Auf meinem Sofa!«

»Oh!«

Auch Bob war jetzt wach. Zumindest fast. »Ähm, guten Tag … Morgen, Mr Jonas. Schön, Sie zu …« Er stutzte. »Oh Gott! Was machen *Sie* hier?«

»Ich …«, Onkel Titus' Arme bewegten sich, als wolle er schwimmen, sein Blick drückte Entsetzen aus, »… wohne hier! Ha-hab hier mal gewohnt.«
Erst jetzt fiel Justus auf, dass Tante Mathilda noch gar nichts gesagt hatte. Wo war sie überhaupt? Er drehte den Kopf nach hinten. Da stand sie. In der Wohnzimmertür.
»Hallo, Tante Mathilda.« Justus hob zaghaft die Hand und lächelte schief. »Ich … kann das erklären.«
Wortlos ging Tante Mathilda zur Sofaburg und ließ sich mit ihrer Handtasche auf den Rand der Couch nieder. Sie atmete ein paarmal ein und aus und sah dabei zur gegenüberliegenden Wand. »Bringst du mir bitte ein Glas Wasser, Liebling?«, sagte sie mit dünner Stimme.
»Natürlich.« Onkel Titus warf den drei Jungen noch einen finsteren Blick zu und verschwand im Flur.
»Tante Mathilda?« Justus beugte sich nach vorne. »Es ist wirklich nicht so schlimm, wie es aussieht. Wir machen das alles wieder sauber. Sofort, wenn du willst.«
»Picobello.« Bob nickte.
»Versprochen«, sagte Peter kleinlaut.
Tante Mathilda drehte langsam den Kopf. »Was?«
Justus blinzelte verwirrt. Was war mit seiner Tante los? Saß der Schock so tief? »Na, diese … Unordnung hier. Und so.«
»Ich glaube, der Saustall ist deiner Tante im Moment herzlich egal.« Onkel Titus war zurück und reichte seiner Frau ein Glas Wasser. »Hier, mein Schatz.«
»Egal? Im Moment? Wieso? Was … ist denn los?«
Onkel Titus sah erst mitfühlend seine Frau an, dann die drei Jungen. »Im Hotel … hat es gespukt!«

Eine unheimliche Begegnung der grünen Art

»Es hat was?«
»Gespukt?«
»Im Hotel?«
Tante Mathilda nippte noch einmal an ihrem Wasserglas. »Es war ein Gnom. Oder eher ein Kobold«, sagte sie, den Blick immer noch auf die Wand gerichtet. »In *Das Volk der Krallenhände* sahen die Kobolde jedenfalls genauso aus.«
Tante Mathildas Vorliebe für Horrorfilme war jedem im Raum bekannt, daher überraschte dieser Vergleich niemanden. Aber ein Kobold in einem Hotel? In der Realität?
Justus rutschte auf dem Sessel nach vorne und setzte sich neben seine Tante. Sie war blass im Gesicht und mit ihren Gedanken ganz weit weg. »Wo hast du ihn gesehen? Bist du ihm begegnet?«
»Sie konnte nicht schlafen«, sagte Onkel Titus. »Du weißt ja, dass sie die erste Nacht in einem neuen Bett oft schlecht schläft.«
Justus nickte, schaute dabei aber unverwandt seine Tante an. »Und da bist du aufgestanden und herumgelaufen?«
»Ja. Ich wollte raus und frische Luft schnappen. Auf der Dachterrasse. Sehr schön da oben. Wundervolle Aussicht.«
Tante Mathilda nippte abermals. »Ich bin mit dem Lift nach oben gefahren und durch die Glastür rausgegangen. Der Sternenhimmel war wunderbar. Es war vollkommen dunkel und ganz still. Zunächst. Aber dann hörte ich dieses Pochen.«

»Ein Pochen?« Bob schälte sich aus seiner Decke und kroch ebenfalls nach vorne zum Rand der Sofaburg. »Was meinen Sie mit Pochen?«

»Erst dachte ich, da klopft jemand mit einem Löffel auf eine alte Dose oder so. Ganz schnell. Aber es war sein Herz.«

»Sie haben sein Herz gehört?« Peter spürte, wie es ihn unter der Decke fröstelte.

»Jawohl, sein Herz. Ich ging ein Stück weiter nach vorne, um nachzusehen, was da war. Und hinter diesem Kastendings stand er. Tief gebückt, mit einem schrecklich verkrümmten, zotteligen Rücken. Und einem leuchtenden grünen Gesicht.«

Der Zweite Detektiv schnappte hörbar nach Luft. Justus und Bob warfen sich fragende Blicke zu.

Tante Mathilda wandte sich um und sah die Jungen nun zum ersten Mal an. »Jetzt konnte ich sein Herz ganz deutlich hören. Es pochte unregelmäßig und sehr langsam. Tack, tack-tack«, ahmte sie das Geräusch nach. »Dann plötzlich setzte es aus, sein Gesicht erlosch und ich hörte, wie er davonlief.«

Peter überlegte für einen Moment, ob er fragen sollte, was Tante Mathilda zum Abendessen getrunken hatte. Ein paar Gläschen Wein zu viel vielleicht? Aber irgendwie nahm er ihr die Sache ab. Sie klang nicht, als ob sie sich da etwas zusammenfantasierte. Auch wenn diese Geschichte schier unglaublich klang.

»Hat er Sie gesehen?«, fragte Bob. »Ist er vor Ihnen geflohen?«

»Ich weiß es nicht.«

»Wohin lief er?«, wollte Justus wissen.

Mathilda Jonas zuckte die Schultern. »In die Dunkelheit. Weg von mir. Es war stockfinster und es hat mich in dem Moment wirklich nicht interessiert, wohin der Kobold lief. Ich war zu Tode erschrocken.«

»Natürlich«, beeilte sich der Erste Detektiv zu sagen. »Verständlich.«

»Sie war selbst ganz grün im Gesicht, als sie mich weckte und mir davon erzählte.« Onkel Titus nahm seiner Frau das leere Glas aus der Hand und stellte es auf die Anrichte. »Ich bin sofort nach oben gefahren und habe nachgesehen. Aber da war nichts mehr. Alles ruhig. Dann haben wir den Hotelchef aus dem Bett gescheucht.«

Justus zögerte, bevor er seine nächste Frage stellte. »Aber du bist dir sicher, dass du etwas gesehen hast? Ich meine, es gäbe womöglich noch andere Erklärungen. Eine optische Täuschung, vielleicht eine merkwürdige Beleuchtung, die dir da oben tagsüber nicht aufgefallen ist. Oder du warst doch müder, als du dachtest, und hattest eine Art Wachtraum.«

Tante Mathilda zog die Stirn in Falten. Jetzt sah sie wieder genauso aus, wie Justus sie kannte. Bestimmt, klar, energisch. »Junger Mann, ich bin weder senil noch blind und ich hatte auch nicht zu tief ins Glas geguckt, falls du das andeuten wolltest.«

Also nicht zu viel Wein. Peter machte im Geiste einen Strich durch seinen vorherigen Gedanken.

Justus hob abwehrend die Hände. »Nein, das wollte ich mitnichten –«

»Ich weiß, was ich gesehen habe! Ich habe mich furchtbar erschrocken, ja, aber da hockte jemand auf dem Boden.

Grün, behaart, buckelig. Und da ich keinen grünen, behaarten und buckeligen Menschen kenne, dessen Herz blechern pocht, nenne ich diesen Jemand einen Kobold.« Sie überlegte kurz. »Gut, Mr Abernathy, der ab und zu in Mitchells Blumenladen aushilft, hat einen Buckel und ist stark behaart, aber der war nicht im Hotel und ist auch nicht grün im Gesicht.«

»Ich glaube dir ja, ich wollte nur –«

»Will das lieber nicht und glaub mir einfach nur!« Tante Mathilda straffte ihr Kostüm. »Da war jemand. Das habe ich auch Mr Grover unmissverständlich klargemacht.«

»Mr … Grover?«, hakte Bob nach.

»Der Hotelchef«, erklärte Onkel Titus. »Mr Aaron Grover. Wohnt mit seiner Familie im Haus, deswegen konnten wir ihn gleich damit konfrontieren.«

»Und was meinte er zu der Geschichte?«, fragte Peter.

»Nun ja.« Onkel Titus zwirbelte seinen Bart. »Er war sehr freundlich und entgegenkommend. Hat sich sehr aufmerksam angehört, was los war, und sich dann vielmals für die Unannehmlichkeiten entschuldigt. Er bot uns sogar an, unsere Aufenthaltsdauer um zwei Tage zu verlängern.«

»Er hat euch geglaubt?«, wunderte sich Justus.

»Das hat er so nicht gesagt.« Tante Mathildas Gesichtsausdruck wirkte unschlüssig. So als wüsste sie nicht, ob sie empört oder verständnisvoll sein sollte. »Ich meine, er hat nicht gesagt: ›Oh ja, der alte Kobold, der geistert hier häufiger nachts durch die Gänge.‹ Aber er hat auch nicht zu erkennen gegeben, dass er mich für eine überkandidelte alte Schachtel hält, die mal dringend zum Psychiater müsste.«

Peter kicherte, hielt sich aber sofort die Hand vor den Mund. »'tschuldigung.«

Tante Mathilda beließ es bei einem strafenden Blick. »Insofern … Er war sehr nett und hilfsbereit, aber ob er mir wirklich geglaubt hat? Ich denke, eher nicht.«

»Und wofür dann die zusätzlichen Tage?«, wunderte sich Bob.

»Er wollte uns wohl als Kunden nicht verlieren«, meinte Onkel Titus.

»Aber ich wäre um nichts auf der Welt auch nur eine Minute länger in diesem Haus geblieben!« Tante Mathilda stand auf und schüttelte energisch den Kopf. »Und keine zehn Pferde bringen mich da noch einmal rein! Da geht es nicht mit rechten Dingen zu, so viel steht fest! Deswegen haben wir sofort unsere Siebensachen zusammengepackt und sind nach Hause gefahren. Und jetzt lass uns zu Bett gehen, Schatz. Ich muss mich ausruhen.«

Tante Mathilda hängte sich ihre Handtasche in die Ellenbeuge und wandte sich zur Tür. Plötzlich verdüsterte sich ihr Blick und wanderte langsam durchs Wohnzimmer. Bob hatte das Gefühl, dass die Temperatur im Raum mit einem Schlag auf den Gefrierpunkt fiel, und Peter spürte, wie sich seine Nackenhaare aufstellten. Auch Justus hielt die Luft an.

»Ähm, tja, aber dann verfällt ja wohl der schöne Gewinn, oder?« Dem Zweiten Detektiv fiel auf die Schnelle nichts Besseres ein, um möglichst von dem abzulenken, was sonst gleich unweigerlich über sie hereinbrechen würde. »Das schöne Hotelzimmer, das gute Essen, die Ruhe und so. Aber vielleicht –«

Tante Mathilda hob wie in Zeitlupe die Hand und Peter verstummte augenblicklich. »Ich werde jetzt zu Bett gehen«, sagte sie mit Grabesstimme, die Augen auf die zerbröselten Chips neben Peter geheftet. »Und wenn ich morgen früh aufwache, duftet das Haus nach frischem Kaffee, ein wundervoll gedeckter Frühstückstisch erwartet mich und hier drin …« Ihr Blick durchbohrte nacheinander Justus, Peter und Bob. »Ihr macht euch am besten gleich an die Arbeit! Und wehe, ich höre einen Mucks!«

Spuk im Hotel Lakshmi

Am nächsten Tag trafen sich die drei Detektive in ihrer Zentrale. Die Zentrale war ein alter Wohnwagen, der verborgen unter einem riesigen Haufen Altmetall auf dem Gelände des Gebrauchtwarencenters der Familie Jonas stand und nur über gut getarnte Geheimgänge betreten werden konnte. Sie war der Mittelpunkt des Detektivunternehmens der drei Jungen und mit allem ausgerüstet, was sie für ihre Ermittlungsarbeit benötigten: Telefon, Computer, Detektivlabor, gemütlichen Sesseln und einem Kühlschrank mit Getränkevorrat. Dazu das vollständige Aktenarchiv ihrer bisherigen Fälle.
Die Jungen hatten das Treffen wohlweislich auf den späteren Nachmittag gelegt. Die Aufräumaktion hatte bis in die frühen Morgenstunden gedauert. Vor allem die Limonade in Tante Mathildas Sessel hatte sich als äußerst hartnäckig erwiesen. Anschließend hatten sie sich ein wenig aufs Ohr gelegt und waren gegen kurz nach sieben wieder aufgestanden, um das Frühstück herzurichten. Kaffee kochen, Tisch decken mit allem Drum und Dran samt Blumen aus dem Garten, Besteck polieren, dann Tante Mathilda den Stuhl zurückziehen, damit sie sich bequem setzen konnte, den Stuhl wieder hinschieben, Kaffee eingießen … Erst kurz nach elf, nachdem Tante Mathilda das Wohnzimmer inspiziert und für ordentlich genug befunden hatte, waren sie entlassen worden und wenig später todmüde in ihre Betten gefallen. Aber die Strapazen der letzten Nacht waren jedem von ihnen trotzdem noch deutlich anzusehen.

»Ich eröffne hiermit«, Justus gähnte laut und herzhaft, »die Sitzung.«
»Hmhm.« Bob kauerte in einem der abgewetzten Sessel und nickte mit geschlossenen Augen. »Ich hör dir zu.«
Peter nahm einen großen Schluck aus einer Colaflasche und hob den Daumen. Seine Haare standen in alle Richtungen vom Kopf ab und seine Kleidung sah aus, als hätte er darin geschlafen. Was er auch getan hatte.
»Ich denke, wir können es kurz machen, Kollegen.« Der Erste Detektiv rieb sich noch einmal über die Augen und setzte sich gerade hin. Er musste endlich einen klaren Kopf bekommen, seine Müdigkeit verscheuchen. Arbeit stand an. »Wir sind ja schon heute Morgen zu der Übereinkunft gekommen, dass die von Tante Mathilda beschriebenen Vorgänge im besagten Hotel Lakshmi unser Interesse in der Weise geweckt haben, dass wir versuchen wollen, vor Ort Klarheit in die Ungereimtheiten zu bringen. Daher schlage ich vor –«
Peter hob den Arm.
»Ja?«
»Just. Kannst du deine Sätze bitte halbieren? Oder besser noch dritteln? Heute wenigstens. Ich war schon bei *Übereinkunft* raus.«
Der Erste Detektiv seufzte. »Kämm dich! Steck dein Hemd in die Hose! Wir fahren zu dem Hotel.«
Sie fuhren mit Bobs Käfer. Peter war etwas besorgt, weil Bob erst die Augen öffnete, als er hinterm Steuer saß. Aber der dritte Detektiv versicherte seinen Freunden, dass er fahrtauglich sei. Sicherheitshalber kurbelte er jedoch während

der Fahrt alle Fenster auf und drehte das Autoradio auf volle Lautstärke. Als die drei Detektive eine halbe Stunde später auf den Vorplatz des Hotels Lakshmi rollten, waren sie gut durchgelüftet, ein klein wenig taub, aber wach.

Das Hotel entpuppte sich als imposantes mehrstöckiges Gebäude, das in einer kleinen Siedlung in den Küstenhängen hoch über Malibu lag. Es war sehr verwinkelt gebaut, wirkte mit seiner verwitterten Fassade recht betagt und hatte dank der groben, naturbelassenen Steinwände und der kleinen Fenster den Charme eines altenglischen Herrenhauses. Ein großer viereckiger Turm schloss das Bauwerk im Norden ab, im Süden erstreckte sich eine ausgedehnte Sonnenterrasse vor einer beeindruckenden Glasfront, hinter der zahlreiche Tische und Stühle zu sehen waren. In der Nachbarschaft registrierten die Jungen kleinere und größere Wohnhäuser sowie einige unbebaute Grundstücke, und hinter dem Gebäudekomplex schmiegte sich ein kleiner Weinberg in das steil ansteigende Gelände. Auf dem bekiesten Parkplatz vor dem Hotel standen zwei Nobelkarossen, aber auch mehrere Mittelklasse- und Kleinwagen. Ein Hotel ausschließlich für Gutbetuchte war das Hotel Lakshmi offenbar nicht.

Die drei Detektive betraten die kühle, lichte Lobby. Was sie hier drin empfing, hätte man von außen nicht vermutet. Statuen und Gemälde von hinduistischen Göttern, wohin man blickte. Alles sehr bunt. Ein Affengott, ein Elefantengott, tanzende Götter, Götter auf Tigern und Adlern, Wandbehänge mit Götterfamilien, dazu Gebetsfahnen, Troddeln hier, Wimpel da, eine ganze Batterie an Schälchen, Kännchen, Tellerchen. In einer Ecke entdeckte Peter sogar einen überlebensgroßen Buddha. Dazu kam ein durchdringender, süßlicher Geruch, der die Jungen ein bisschen schwindelig machte. Links führte eine breite, mit einem roten Läufer ausgelegte Treppe nach oben, rechts befanden sich Aufzüge, dahinter ein Speisesaal. Sie gingen zur Rezeption und fragten nach Mr Aaron Grover.

»Namaste! Das Göttliche in mir grüßt das Göttliche in dir!« Die Frau hinter dem Tresen faltete die Hände vor der Brust, verneigte sich und strahlte die drei dann an, als hätten sie ihr eben einen monströsen Lottogewinn verkündet. Sie war recht schmal, trug einen wallenden, bunten Umhang und Unmengen an Silberschmuck. Bei jeder ihrer Bewegungen klimperte es an den Armen, den Ohren, um ihren Nacken. Ihr Alter war schwer zu schätzen, weil ihr Gesicht keinerlei Falten aufwies und die wild abstehenden, kurzen Haare tiefschwarz glänzten. Sie konnte 25, aber auch 50 sein. »Dürfte ich erfahren, worum es geht?«

Noch immer lächelte sie von einem klingelnden Ohr zum anderen. Peter fragte sich, ob man davon Muskelkater im Gesicht bekommen konnte.

Justus hielt die Antwort bewusst vage. »Es könnte womöglich sein, dass es nicht in Mr Grovers Interesse liegt, wenn unser Anliegen publik wird.«

Die Frau machte große Augen. »So? Die Welt ist voller Geheimnisse, nicht wahr? Ich werde meinen Mann gerne für euch holen. Mögt ihr bitte da drüben warten?« Sie wies auf eine Sitzgruppe aus wuchtigen Korbsesseln links vom Eingang, verneigte sich noch einmal und verschwand durch eine Tür hinter der Rezeption.

»Das war dann wohl Mrs Grover«, sagte Bob, als sie zu den Sesseln gingen. »Bei ihr könnte ich mir schon eher vorstellen, dass sie bei Vollmond mit Räucherstäbchen um einen Baum tanzt.«

Peter faltete die Hände vor der Brust, verneigte sich und grinste.

Keine zwei Minuten später kamen Mrs Grover und ein großer, beleibter Mann auf die drei ??? zu. Äußerlich war Mr Grover das komplette Gegenteil seiner Frau. Er trug einen grauen Anzug mit blauer Krawatte, seine braunen Haare waren zu einem glatten Seitenscheitel gekämmt, nichts an ihm bimmelte.

»Ihr wolltet mich sprechen?« Er reichte jedem der Jungen die Hand und lächelte sie freundlich an. Nacheinander stellten sich die drci Detektive vor.

Als Justus gerade auf Mr Grovers Frage eingehen wollte, öffnete sich die Tür des Haupteinganges und eine junge Frau betrat die Lobby. Mit der rechten Hand zog sie einen Rollkoffer hinter sich her und auf ihrem Arm hielt sie etwas, das Bob im ersten Moment als große, weiße Ratte identifizierte. Als ihn die Ratte jedoch ankläffte, erkannte er, dass es ein Hund war.

»Eeeelodie! Schätzchen!« Mrs Grover flog auf die junge Frau zu. »Da bist du ja!« Sie fasste die Frau an den Schultern und küsste sie geräuschvoll auf beide Wangen und die Stirn. Es war unschwer zu erkennen, dass die junge Frau die Prozedur eher widerwillig über sich ergehen ließ. Der Hund kläffte die drei Jungen immer lauter an und wurde dabei richtiggehend hysterisch.

»Hallo, Mum. Hi, Dad! Ich bin fix und fertig. Der Flug hatte drei Stunden Verspätung. Nehmt es mir nicht übel, aber ich leg mich erst mal aufs Ohr.« Sie drehte den japsenden Hund zu sich und blickte ihm ins Gesicht. »Spookie, krieg dich wieder ein! Keiner will dich fressen!« Dann durchquerte sie schnellen Schrittes die Lobby. Spookie sah über ihre Schulter und bellte weiter.

»Okay.« Mr Grover wandte sich wieder den Jungen zu. »Also, worum geht es?«

»Nun«, begann Justus, »es geht um meine Tante, Mathilda Jonas. Beziehungsweise um das, was ihr letzte Nacht in Ihrem Haus widerfahren ist.«

»Ach ja, das.« Mr Grover kniff die Lippen zusammen und sah Justus betroffen an. »Das tut mir wirklich sehr leid. Ich bin untröstlich. Geht es deiner Tante gut?«

»Die Geistererscheinung?« Mrs Grover atmete tief ein und aus. »Wir Menschenkinder wissen so wenig! Unsere Wahrnehmung ist so beschränkt! Hatte deine Tante früher schon einmal Kontakt zu anderen Sphären?«

»Nicht dass ich wüsste«, antwortete Justus wahrheitsgemäß. »Sie ist eher der sachliche Typ.«

»Das hat damit nichts zu tun! Die feinstoffliche Welt umgibt uns alle und wir alle sind ein Teil von ihr.«

»Das heißt, Sie glauben Mrs Jonas?«, schaltete sich Bob ein, obwohl er nicht so ganz verstanden hatte, was Mrs Grover von sich gegeben hatte.

»Glauben! Wissen! Denken!« Mrs Grover lächelte entrückt. »Ich maße mir nicht an, die Welt mit meinen begrenzten Möglichkeiten verstehen zu können.«

Aaron Grover atmete hörbar ein. Justus hatte das Gefühl, dass ihm der Auftritt seiner Frau etwas unangenehm war.
»Was kann ich denn nun für euch tun, Jungs? Ich habe deiner Tante ja schon angeboten, dass sie ein paar Extratage bei uns verbringen kann.«
»Darum geht es uns nicht. Aber wir könnten uns vorstellen, dass Sie ein Interesse daran haben, eine Erklärung für das seltsame Phänomen von heute Nacht zu finden.«
Mr Grover legte die Stirn in Falten. »Und was hättet ihr damit zu tun?«
Der Erste Detektiv holte ein silbernes Etui aus seiner Hosentasche, entnahm ihm eine ihrer Visitenkarten und überreichte diese Mr Grover.

»›Die drei Detektive. Wir übernehmen jeden Fall.‹« Mr Grover sah auf. »Verstehe. Daher euer Interesse.«
»Und ich darf hinzufügen«, sagte Justus, während Mr Grover die Karte an seine Frau weitergab, »dass wir gerade in Fällen wie diesem über ein profundes Maß an Erfahrung verfügen.«

»Ja, mit Geistern und Co hatten wir schon einige Male zu tun«, ergänzte Peter mit einem gequälten Gesichtsausdruck.
»Jungs.« Mrs Grover lächelte steif und gab Justus die Karte zurück. »Vielen Dank, aber das wird nicht nötig sein. Dieses Haus ist ganz gewiss voll spiritueller Energie. Aber ich bin mir sicher, dass diese Materialisierung, wenn sie denn stattgefunden hat, nur möglich wurde, weil das Bewusstsein deiner Tante dafür offen war.«
Den drei Jungen war klar, wie man das, was Mrs Grover auf ihre verschwurbelte Art zum Ausdruck brachte, auch verstehen konnte: Ihrer Meinung nach hatte es den Kobold entweder nicht gegeben oder nur deswegen, weil Tante Mathilda nicht alle Birnen im Leuchter hatte. Vermutlich wollte Mrs Grover kein weiteres Aufhebens um die Angelegenheit machen. Wer brauchte schon detektivische Ermittlungen in seinem Hotel?
»Dem ist leider nicht so.«
»Schatz?«
Die drei Jungen sahen verdutzt zu Mr Grover.
»Ich habe mir heute Morgen die Aufzeichnungen unserer Überwachungskameras angesehen. Der Kobold existiert wirklich.«

Grüner Schleim

Auch beim dritten Mal konnten die drei Detektive keine Einzelheiten in der Aufnahme ausmachen, Gesicht, Geschlecht oder Alter des Wesens zum Beispiel. Die Kamera auf dem Parkplatz hatte den Kobold für einen Sekundenbruchteil eingefangen, als er im Randbereich einer Außenlaterne gebückt zwischen zwei Kübelpflanzen durchgehuscht war. Man konnte nur erkennen, dass das Wesen nicht allzu groß gewachsen war, Arme, dünne Beine und einen Kopf hatte. Und eindeutig grüne Körperbehaarung. Der ganze Oberkörper bis zur Taille war mit einer Art grünem Fell bedeckt.

»Wir müssen wohl oder übel die Polizei einschalten«, sagte Mrs Grover kraftlos. »Meine Güte! Wenn das rauskommt! Ich sehe die Schlagzeile schon vor mir: Grüner Kobold treibt sein Unwesen im Hotel Lakshmi! Wir können doch dichtmachen, Aaron!«

Aaron Grover fuhr sich über sein Kinn und sah die drei Jungen aufmerksam an. »Deswegen habe ich euch die Aufnahmen gezeigt. Bis jetzt ist außer deiner Tante niemand zu Schaden gekommen. Und wenn du sie vielleicht …«, er druckste ein wenig herum, »… bitten könntest, über die Angelegenheit noch eine Weile Stillschweigen zu bewahren, würde ich euch gerne damit beauftragen, der Sache nachzugehen. Natürlich so unauffällig wie möglich.«

»Hm.« Der Erste Detektiv kratzte sich an der Schläfe. »Ich kann meine Tante natürlich um diesen Gefallen bitten. Aber ich kann nicht garantieren, dass sie die Geschichte für sich behält. Garantieren kann ich Ihnen allerdings, dass unsere Ermittlungen, falls Sie uns denn beauftragen, so verdeckt wie möglich ablaufen werden.«

Mrs Grover machte ein unglückliches Gesicht. »Aaron, ich weiß nicht. Sollten wir nicht lieber einen richtigen Detektiv engagieren?« Sie blickte die Jungen entschuldigend an. »Nichts für ungut.«

»Wir arbeiten übrigens umsonst«, merkte Bob an. »Unser Lohn ist Ihre Zufriedenheit.«

Mr Grover lächelte schwach. »Und ihr seid wirklich gut?«

»Die Besten!« Peter reckte das Kinn nach vorne.

Mr Grover lachte. »Okay. Wir machen das. Mein Gefühl sagt mir, dass es einen Versuch wert ist. Ich lasse mir etwas einfallen, warum ihr hier seid. Vielleicht als Aushilfen oder Praktikanten oder so. Oder nein! Ihr seid meine drei Neffen aus Übersee! So müssen wir das Personal nicht einweihen und ihr könnt euch trotzdem frei bewegen.«

»Wunderbar.« Justus rieb sich die Hände.

»Ach, Aaron!«

»Patricia. Das ist zurzeit vielleicht unsere beste Option. Die Polizei will auch ich nicht im Haus haben und einen vertrauenswürdigen professionellen Detektiv müssten wir erst mal finden. Von dessen Honorar ganz zu schweigen. Also Jungs, wie und wo wollt ihr anfangen?«

Justus überlegte kurz. »Als Erstes werde ich mit meiner Tante telefonieren. Und dann sollten wir den Ort ihrer Begegnung mit dem Kobold inspizieren.«

Justus rief eine Stunde zu spät zu Hause an. Tante Mathilda

hatte ihr Erlebnis bereits der Welt mitgeteilt. Zwar wusste im Moment nur ihre Schwester Susanne davon, die in einem kleinen Nest am Rande der Santa Monica Mountains lebte. Aber Susanne kannte viele, viele Leute und war nicht gerade dafür berühmt, eine Neuigkeit für sich behalten zu können. Bestimmt glühte ihr Telefon schon und es war nur eine Frage der Zeit, bis die Geschichte die Runde machte. Wenigstens versprach Tante Mathilda, es ansonsten vorerst niemandem zu erzählen. Auch Onkel Titus wollte sie informieren.

»Aber nur, weil sie mir glauben! Und euch zuliebe! Denn ungeheuerlich ist das Ganze ja schon!«

»Ja, da hast du vollkommen recht. Danke dir.«

»Und was soll euer Rätselclub da jetzt machen?«

»Nur ein bisschen die Augen offen halten und Fragen stellen.«

»Soso. Ihr passt aber auf, ja! Dieses … wer oder was immer es ist … ist bestimmt nicht ungefährlich.«

»Das ist alles ganz harmlos.«

»Das sagst du immer, und dann liegt wieder eine kaputte Hose im Wäschekorb!«

Nach dem Telefonat geleitete Mr Grover die Jungen zu einem weiteren Lift, der hinauf zur Dachterrasse führte. »Ich muss noch arbeiten. Wenn ihr etwas braucht, meldet euch.«

Die drei Detektive verabschiedeten sich und stiegen in den Aufzug. Als die Türen sich in der vierten Etage wieder öffneten, befanden sie sich in einem Flur, der nach einigen Metern an einer zweiflügeligen Glastür endete. Der linke Flügel stand offen und wurde von einem großen Stein gehalten, damit ihn der Zugwind nicht zuschlug.

»Wir sind auf dem Turm.« Peter sah sich um. Eine weitläufige Terrasse breitete sich vor ihnen aus. Der Boden war mit alten Steinplatten ausgelegt, die an eine hüfthohe, gläserne Brüstung grenzten. Ein knappes Dutzend Tische war bereits für das Abendessen gedeckt, das man offenbar auch hier oben einnehmen konnte. Am Rand der Terrasse standen einige Sonnenliegen. In zweien davon lagen ein älterer Herr und eine Dame mit Sonnenhut, die zusammenzugehören schienen. An einem der ungedeckten Tische in der Mitte der Terrasse saß ein junger Mann und las in einem Buch.

»Sieht ja beeindruckend aus von hier oben.« Bob wies nach Westen. Unter ihnen breitete sich Malibu aus, dahinter glitzerte bis zum Horizont der Pazifik wie ein riesiges Land aus unzähligen silbernen Spiegeln.

»Da ist das Kastendings«, sagte Justus leise und ging auf einen metallenen Lüftungsschacht zu, der links in der Nähe der Balustrade aus dem Boden wuchs.

»Kastendings?«, echote Peter.

»Tante Mathilda verwendete dieses Wort. Dahinter stieß sie auf den Kobold.«

»Stimmt.«

Der Erste Detektiv stellte sich neben den Schacht und schaute sich um. »Tante Mathilda sagte, dass der Kobold in die Dunkelheit lief. Weg von ihr.« Justus blickte zur Glastür. »Wenn er Richtung Aufzug gelaufen wäre, hätte er recht nah an ihr vorbeigemusst, auch wenn er hinten um den Schacht herumgelaufen wäre. Aber seine Schritte entfernten sich.«

»Also in diese Richtung.« Bob ging ein Stück am Rand der Terrasse entlang und beugte sich über das Geländer. »Keine

Chance. Die Wand könnte man kaum bei Tage runterklettern. Die Vorsprünge und Mauerfugen sind winzig.«
»Aber da vorne! Seht doch!«, flüsterte Peter und eilte zu der Seite der Terrasse, die dem Lift gegenüberlag.
Außerhalb der Brüstung befand sich dort eine Art halbrunder, metallener Käfig, der etwa fünf Meter nach unten reichte. In ihm verlief eine Feuerleiter. Justus zog an der Brüstung, die sich an dieser Stelle wie ein Gartentor öffnen ließ, und schob die Feuerleiter ein Stück nach unten. Als er sie wieder losließ, glitt die Leiter nahezu lautlos zurück in ihre Ausgangsposition.
Bob runzelte die Stirn. »Das könnte der Fluchtweg sein. Wobei das nachts sicher nicht ohne ist, und deine Tante meinte ja, dass der Kobold körperlich eingeschränkt war. Gekrümmter Rücken und so.«
»Und er musste wissen, dass es das Ding da gibt«, ergänzte Peter und nickte zur Leiter.
»Wenn es jemand auf das Hotel oder seine Gäste abgesehen hat, wird er es vorher sicher ausgekundschaftet haben«, sagte Justus. »Und die Leiter sieht man vom Parkplatz aus ohne Probleme.«
»Aber er kann nicht über diese Teleskopleiter nach oben gekommen sein. Sie reicht ja nur bis etwa zum zweiten Stock.« Bob zeigte in die Tiefe. »Um dahin zu gelangen, bräuchte man schon Felshaken, Karabiner und Seil.«
Peter sah an der Mauer hinab. »Da sind aber keine Haken.«
Justus ging in die Knie. »Was ist das?« Am unteren Ende der gläsernen Brüstung befand sich auf ihrer Seite ein lang gezogener, grüner Klecks.

»Sieht aus wie … Spinat«, meinte Bob.
»Zu hell.« Justus ging näher ran und tauchte den Finger in den Tropfen. »Leicht breiige Konsistenz. Dazu riecht es …«, er führte die Substanz zur Nase, »… neutral bis nussig. Und etwas … salatig.«
»Vielleicht hat ein Vogel – Just! Nicht!«, rief der Zweite Detektiv entsetzt.
Aber Justus hatte den Finger schon in den Mund gesteckt. »Dacht' ich mir's doch.«
»Igitt, ist das eklig! Du kannst doch nicht einfach diesen grünen Schleim –« Peter schauderte und verzog angewidert das Gesicht.
Auch Bob sah aus, als hätte er gerade in eine Zitrone gebissen. »Dir graut wirklich vor gar nichts! Bah!«
»Was denn? Das ist Avocadocreme!« Justus erhob sich. »Reine Avocadocreme, wenn ich mich nicht irre.«
»Dann hat der Vogel vorher die Avocado aus dem Müll gelöffelt.« Peter schüttelte sich. »Ich bekomme heute bestimmt nichts mehr runter. Und Avocado sowieso nie wieder!«
Bob nickte aufgeregt nach unten in den Hof. »Seht mal da!« Ein Mann ging über den gekiesten Vorplatz in Richtung Haupteingang. Ein offenbar recht alter Mann, der auch nicht sonderlich groß war. Aber was die Aufmerksamkeit der drei ??? besonders erregte, war seine Haltung. Der Mann hatte einen auffällig gekrümmten Rücken.

Grüne Pampe

Als die drei Detektive wieder in der Lobby waren, wechselte der Alte dort gerade die Glühbirne einer der Wandlampen aus. Das und der blaue Arbeitskittel, den er trug, ließen die Jungen vermuten, dass es sich bei dem Mann um eine Art Hausmeister handeln könnte. Sie würden ihn im Laufe ihrer Ermittlungen sicher noch näher kennenlernen. Aber eines konnten sie im Vorbeigehen schon jetzt feststellen: Ein grünes Fell hatte der Mann nicht.

Nach kurzer Rücksprache mit Aaron Grover fuhren die drei ??? nach Hause und packten ein paar Utensilien zusammen. Sie würden die Nacht im Hotel Lakshmi verbringen. Vielleicht zeigte sich der Kobold ja ein zweites Mal. Justus sagte Tante Mathilda Bescheid, und Peter und Bob übernachteten offiziell bei Justus …

»Vielleicht hätten wir doch lieber noch zu Hause essen sollen?« Peter sah skeptisch zum Hotel, als Bob erneut auf den Parkplatz rollte.

»Jetzt hab dich nicht so«, erwiderte Justus. »Die Einladung auszuschlagen, wäre unhöflich gewesen. Außerdem will uns Mr Grover beim Abendessen als seine Neffen aus Übersee vorstellen.«

»Wir wissen ja mittlerweile, dass du alles isst, Just, auch wenn es auf einer Scheibe klebt. Aber veganes Essen? Die haben hier nur veganes Essen!«

»Sieh's als gute Tat an«, meinte Bob. »Heute isst du mal nichts, was vorher Augen hatte.«

Peter schluckte. So hatte er das noch nicht gesehen.
Aaron Grover erwartete sie bereits auf dem Parkplatz. Dachten die Jungen. Denn auf den zweiten Blick wurde klar, dass er sich offenbar mit einem jungen Mann stritt. Mr Grover stand am westlichen Rand des Parkplatzes, zeigte immer wieder in die gleiche Richtung und machte einen wütenden Eindruck. Der junge Mann, unter dessen Jamaica-Mütze dicke Dreadlocks hervorquollen, befand sich ein paar Meter von ihm entfernt auf dem angrenzenden Grundstück, hatte die Arme vor der Brust verschränkt und grinste herablassend.
Bob folgte Mr Grovers zuckendem Finger. Er zeigte zu einem großen Transparent, das auf dem Dach des Nachbarhauses prangte. »Heute im Sonderangebot: Gott 50 % ermäßigt!«
»Was soll denn das heißen?«, wunderte sich Peter.
Justus' Blick pendelte zwischen Hotel und dem Dach des kleinen Häuschens hin und her. »Ich denke, der junge Mann ist mit dem Geschäftsmodell des Hotels nicht ganz einverstanden.«
»Mit welchem Geschäftsmodell?«
»Offenbar stört es ihn, dass das Hotel mit einer religiösen und spirituellen Ausrichtung wirbt und damit Geld verdient.«
»Du meinst, er möchte nicht, dass man mit Religion Geschäfte macht?«
»So ungefähr. Und ganz eindeutig möchte er, dass jeder Gast im Hotel Lakshmi seine Meinung kennt.« Justus hob seinen Finger und zog eine gedachte Linie zwischen Hotel und Plakat.
»Was Mr Grover verständlicherweise nicht passt«, schlussfolgerte Bob.

Als die drei ??? aus dem Auto stiegen, sah Mr Grover kurz zu ihnen, dann wieder zu dem jungen Mann. »Kommen Sie rüber und bleiben Sie einen Tag bei uns! Machen Sie sich selbst ein Bild vor Ort! Das ist mein Angebot.«
»Nein danke, diese Abzocke muss ich mir nicht antun!«, schleuderte ihm der junge Mann entgegen.
Mr Grover machte eine wegwerfende Handbewegung. »Wie Sie wollen! Aber dann werde ich prüfen lassen, ob ich Sie wegen Rufschädigung anzeigen kann.«
»Tun Sie das!«
Wütend drehte sich Mr Grover um und ging auf die drei ??? zu.
»Guten Abend. Der liebe Nachbar?« Justus nickte zu dem anderen Haus.
»Desmond Cathpole«, knurrte Mr Grover. »Seit der Kerl vor einem Jahr hierhergezogen ist, macht er nur Ärger.«
»Ist er Hindu?«, fragte Bob. »Ich meine wegen des Plakats und dann die ganzen Götter in Ihrem Hotel und so … Sie verstehen.«
»Keine Ahnung, ob er Hindu ist. Aber offenbar glaubt er, anderen Leuten vorschreiben zu können, wie sie ihr täglich Brot verdienen. Kommt, lasst uns etwas essen gehen!«
Auf dem Weg zum Speisesaal begegneten die drei Jungen noch einmal Elodie und Spookie, der wieder einen ausgewachsenen Kläff-Anfall bekam, und lernten Mrs Schulz-Kirschbaum kennen, eine sehr nette, aber etwas tüdelige ältere Dame. Mr Grover ermahnte sie mit gespielter Strenge, ihr Pfeifchen doch bitte nicht in der Lobby zu rauchen.
»Eigentlich herrscht auf dem ganzen Grundstück Rauchver-

bot«, teilte er den Jungen mit, als sie Mrs Schulz-Kirschbaum wieder ihrer Pfeife überlassen hatten, »aber das werde ich der Guten wohl nicht mehr klarmachen können.«

Der Speisesaal war etwa zur Hälfte gefüllt. Die Jungen konnten ein recht gemischtes Publikum ausmachen. Einige Pärchen verschiedenen Alters, eine Familie mit zwei kleinen Kindern, drei, vier Gäste, die alleine am Tisch saßen, an einem weiteren Tisch drei ältere Damen. Kleidungstechnisch hatten sich einige Gäste schon dem Stil des Hotels angepasst und trugen farbige Schlabbergewänder, andere saßen in Jeans und T-Shirt beim Essen. Eine der älteren Damen trug eine Pelzweste, wie Justus erkannte. Entweder war die aus Kunstpelz oder die Dame hatte das Konzept des Hotels nicht so ganz verstanden.

Mr Grover hatte die drei Jungen kaum zu ihrem Tisch gebracht, als auch schon das Essen kam. Beim Salat war für Peter noch alles in Ordnung. Knackig, frisch, gutes Dressing. Aber der Hauptgang bestätigte seine schlimmsten Befürchtungen. Auf seinem Teller breitete sich ein Häufchen grünlicher, bröckeliger Pampe aus, in der weißliche Körner schwammen. Der Zweite Detektiv musste unwillkürlich an Maden denken. Weiße Maden in einem halb verdauten Kuhfladen. Daneben lag noch ein gelblicher Hügel irgendeines Getreides. Winzig kleines, wurmartiges Gekräusel, in dem ein Mangoscheibchen steckte.

»Ich hätte gerne was mit Augen«, raunte Peter Bob zu.

»Iss die Mango.«

»Guten Appetit, liebe Neffen.« Mrs Grover stand plötzlich an ihrem Tisch und lächelte ihnen verschwörerisch zu. Sie

war ganz in Weiß gekleidet und hatte einen roten Punkt oberhalb der Nasenwurzel.
»Danke. Riecht lecker«, sagte Justus und kostete von der grünen Pampe. »Hm! Und schmeckt auch toll! Da ist Ingwer drin, nicht wahr?«
»Das hast du sehr gut erkannt«, freute sich Mrs Grover.
Peters Gesichtsausdruck nach zu urteilen, wartete er nur darauf, dass Justus die Maden gleich wieder aus der Nase herauskrochen. Als Justus schluckte, reckte der Zweite Detektiv das Kinn nach vorne und schluckte geräuschvoll mit.
»Was ist das?« Bob zeigte auf die gelben Würmchen.
»Ocra-Gemüse mit Lupinen-Tempeh und Kurkuma-Quinoa. Ein bisschen Ingwer, Kreuzkümmel, Asafoetida und Garam Masala.«
Peter hielt vorsichtig die Nase über die Ausdünstungen seines Essens. Es roch zumindest ganz okay.
»Sie bieten hier nur veganes Essen an, oder?«, fragte Justus, dem es sichtlich schmeckte. Aus den Augenwinkeln bemerkte er, dass der junge Mann, den sie schon auf der Dachterrasse gesehen hatten, an einem der Nachbartische Platz nahm. Er sah kaum von seinem Buch auf und hatte diesmal sogar einen Block dabei, auf dem er sich, kaum dass er saß, Notizen machte.
»Natürlich!« Mrs Grover klang beinahe entrüstet. »Als einigermaßen intelligenter Mensch kann man sich heutzutage doch nur noch vegan ernähren!«
»Und wieso?« Peter beschloss, das Ganze als Mutprobe zu betrachten, und versuchte eine Messerspitze von der grünen Madenpampe.

»Nun.« Mrs Grover musste sich erst sammeln. Ihr Blick bekam etwas Leidendes. »Da gibt es so viele Gründe. Der Klimaschutz! Wusstet ihr, dass die weltweite Tierhaltung der Klimakiller Nummer eins ist? Und das millionenfache Leid in der Massentierhaltung! Einfach schrecklich!«

Der Zweite Detektiv stellte verwundert fest, dass die Madenpampe gar nicht so schlecht war. Wenn man die Augen zumachte, schmeckte sie sogar noch besser. Erstaunlich.

»Die Rückstände im Fleisch, die unsere Körper nach und nach vergiften! Antibiotika, Hormone!« Mrs Grover steigerte sich in das Thema hinein. »Und die Reinkarnation! Unsere göttlichen Seelen werden ja immer wieder geboren, bis wir dereinst aus dem ewig währenden Zyklus des Seins ausscheiden! Vielleicht stammt das Pressfleisch des Burgers, den du gestern gegessen hast, von einem Rind, das dereinst –«

»Mum, jetzt ist aber gut!« Elodie trat an den Tisch und lächelte die drei ??? entschuldigend an. Spookie hatte sie nicht dabei. »Lass die Jungs doch mal in Ruhe essen.«

»Aber sie haben doch gefragt!«

Elodies Mundwinkel zuckten spöttisch. »Mum, nicht jeder will diese Vorträge in voller Länge hören. Und beim Essen schon gar nicht.«

Mrs Grover schaute die drei Jungen irritiert an und legte ihre Hand auf die Brust. »Es tut mir leid, wenn euch das unangenehm war. Wirklich. Das war nicht meine Absicht! Aber dieses Thema …«, sie schüttelte den Kopf und blickte zu Boden, »… lässt mich einfach nie unberührt.«

Elodie verdrehte die Augen, ohne dass es ihre Mutter sehen konnte. »Du wirst in der Küche verlangt, Mum.«

»Natürlich. Entschuldigt noch einmal. Namaste!«
Die drei ??? und Elodie sahen Mrs Grover hinterher, wie sie durch die Tischreihen wehte und in der Küche verschwand.
»Deine Mutter scheint voll hinter dieser Sache hier zu stehen«, sagte Bob und machte eine Handbewegung, die das Hotel als Ganzes meinte.
Elodie nickte und zuckte gleichzeitig die Schultern. »Na, liebe Cousins, wie schmeckt euch das Zeug?« Ihr Grinsen verriet, dass sie in die Absprache eingeweiht war. »Ich bin übrigens Elodie, die Tochter.«
»Hi, Cousine.« Peter hob die Gabel zur Begrüßung. »Schmeckt wirklich besser, als es aussieht.«
»So ähnlich wie beim Inder«, fand Bob.
»Freut mich! Übrigens: Ich muss mich noch für Spookies Kläfferei entschuldigen. Es dauert ein bisschen, bis er vor Fremden keine Panik mehr hat. Aber dann ist er wirklich ein Herzchen.«
»Wuff!«, machte Peter und Elodie lachte.
Justus nickte diskret nach links. »Ihr habt einen Gelehrten hier im Hotel, wie es aussieht. Er liest und schreibt sogar beim Essen.«
Elodie sah zu dem Tisch mit dem jungen Mann hinüber, der sich gerade mit ihrem Vater unterhielt. »Du meinst Mr Rubberwood? Dads neuen besten Freund? Ja, ich habe ihn auch noch nie ohne Buch gesehen.«
»Er ist gar kein Gast?«
»Doch schon. Aber seitdem Dad erfahren hat, dass Rubberwood ein Buch über die Geschichte dieses Hauses schreibt, weicht er ihm nicht mehr von der Seite.«

Geist und Schatten

Justus horchte auf. »Geschichte dieses Hauses? Hat dieses Haus eine besondere Geschichte?«
Elodie zog die Augenbrauen weit nach oben. »Ah, jetzt kommt's raus, das detektivische Schnüffelgen! Sieh an! Ich weiß nur, dass dieser Kasten hier ziemlich alt ist. Ihr könnt ja Dad fragen. Aber Vorsicht! Einmal auf sein neues Lieblingsthema angesprochen, hört er nicht mehr auf zu reden.«
Bob grinste. »Wir werden's uns merken.«
Elodie kam ein Stück näher und senkte die Stimme. »Und? Wie geht's jetzt weiter? Wie wollt ihr das Koboldmonster erlegen?«
»Du hältst das Ganze für ein Hirngespinst, oder?«, fragte Justus.
»Ihr nicht?«
»Und die Aufnahme?«
»Keine Ahnung. Die Welt ist voller Verrückter.«
Wie deine Mutter?, wollte der Erste Detektiv schon fragen, verkniff es sich aber. Dass das Verhältnis der beiden nicht zum Besten stand, war ihm auch so klar. »Nun ja, vielleicht lernen wir den *Verrückten* heute Nacht kennen. Wir werden jedenfalls die Augen offen halten.«
»Na dann, Waidmannsheil!« Elodie tippte sich an die Schläfe und ging lachend davon.
Nach dem Essen begaben sich die drei ??? auf das Zimmer, das ihnen Mr Grover zugewiesen hatte, und besprachen ihren Einsatzplan. Um zehn Uhr nahm Peter schließlich ein

Walkie-Talkie aus der Tasche und machte sich auf seine erste Runde.

Die Augen offen halten. Das war der Auftrag. Sich möglichst unauffällig im ganzen Hotel bewegen und nach ungewöhnlichen Dingen Ausschau halten. Und bei Bedarf über das Funksprechgerät sofort die anderen alarmieren. Doch das mit dem unauffälligen Bewegen klappte erst mal nicht.

»Ah, einer der Herren Neffen!« Der alte Hausmeister. Peter lief ihm unten an der Haupttreppe direkt in die Arme. »Na? Ist das Bett zu hart?«

»Ähm, guten Abend, Mr … ?«

»Spencer, einfach nur Spencer.« Die Stimme des Alten hörte sich an, als müsste sie dringend mal geölt werden, und sein Gesicht war zerknittert wie altes Butterbrotpapier. Aber sein Blick war glasklar und hellwach. »Hast deinen lieben Onkel Aaron schon lange nicht mehr gesehen, häm?«

»N-nein, das stimmt.«

»Und deine Tante Pamela auch nicht?«

»Die … auch nicht, nein.«

»Na, dann mal guten Aufenthalt hier bei uns. Schönen Abend noch.« Spencer hob andeutungsweise die Hand und stapfte weiter aufwärts.

Im selben Moment fuhr Peter der Schreck in die Glieder. Aus einem der oberen Gänge war ein Geist ins Treppenhaus getreten! Ganz in Weiß schwebte er in seine Richtung! Dem Zweiten Detektiv entfuhr ein erstickter Laut.

»Schtt!«, machte Spencer. »Nicht aufwecken! Die alte Schulz-Kirschbaum. Schlafwandelt ab und zu. Alles ganz harmlos. Geh ihr einfach aus dem Weg!« Er selbst trat einen Schritt zur Seite und ließ die alte Dame passieren. Dann entfernte er sich in leisen Selbstgesprächen.

Der Zweite Detektiv sah Mrs Schulz-Kirschbaum hinterher, wie sie in ihrem knöchellangen Nachtgewand an ihm vorbei hinab in die Lobby stieg, die Arme leicht angehoben, das Kinn nach vorne geschoben. Ohne jede Unsicherheit nahm sie Stufe um Stufe. Als würde sie tatsächlich über dem Boden dahingleiten.

Ein Lächeln stahl sich auf Peters Lippen. Spencer hatte sie *die alte Mrs Schulz-Kirschbaum* genannt. Dabei war er sicher keinen Tag jünger, ganz im Gegenteil. Der Mann war weit über achtzig. Aber dann fiel Peter noch etwas ein und sein Gesicht wurde schlagartig ernst. Spencer hatte ihn nach seiner Tante Pamela gefragt. Aber Mrs Grover hieß doch Patricia! So hatte sie ihr Mann genannt. Patricia! War Spencer doch schon so senil, dass er …

»Verflixt!«, presste der Zweite Detektiv hervor. Er war sich plötzlich ganz sicher, dass er dem Alten auf den Leim gegangen war. Spencer hatte, wieso auch immer, irgendwie vermutet, dass sie nicht die Neffen der Grovers waren. Und jetzt wusste er es.

Bobs Schicht begann um Mitternacht. Todmüde und grummelnd wälzte er sich aus seinem Bett, als Peter ihn weckte, stieg in seine Schuhe und verließ das Zimmer. Er beschloss, zunächst einmal nach draußen zu gehen. Die frische Luft würde ihm sicher guttun.

Die Rezeption war um diese Zeit nicht mehr besetzt. Ruhig und verlassen lag die Lobby in einem schummrigen Däm-

merlicht, aus dem den dritten Detektiv die Augen unzähliger Götter und Tiere anstarrten. Die Tür vom Haupteingang knarrte leise, als Bob ins Freie trat.
Eine leichte Brise wehte vom Meer her. Salzig und frisch. Bob nahm ein paar tiefe Atemzüge und merkte, wie er allmählich wacher wurde. Unter ihm schwammen die Lichter von Malibu, in der Ferne tasteten sich die Schweinwerfer einiger Autos über den Küstenhighway. Eine Katze miaute, irgendwo im Hotel ging eine Klospülung. Sonst war kein Laut zu hören.
Der dritte Detektiv vergrub die Hände in den Hosentaschen, zog die Schultern hoch und begann, ums Haus zu laufen. Er lief Richtung Norden, um den Turm zu umrunden. Von dem der Kobold ja möglicherweise heruntergeklettert war. Und dann? War er am Rand des Parkplatzes entlanggelaufen, dicht am Haus. Wieso? Was wollte er da? Bob blickte zum Turm hinauf. Geisterhafte Wolkenfetzen trieben im fahlen Mondlicht Richtung Osten. Da oben schien alles ruhig zu sein. Er würde aber später hinaufgehen und sich auch dort umsehen. Aufmerksam setzte er seinen Weg ums Hotel fort.
Hinter dem Gebäude befand sich vor dem Weinberg ein kleiner Garten mit Liegestühlen, Sitzgelegenheiten, Blumenbeeten und einem Zierbrunnen. Einen kurzen Moment setzte Bobs Herz aus, weil er glaubte, dass da jemand stand. Ein dicker, glatzköpfiger Mann, der ihn anstarrte. Aber es war nur eine weitere Buddha-Statue, die neben einer kleinen Hecke in die Nacht glotzte. Der dritte Detektiv ging weiter.
Und blieb nach wenigen Metern erneut stehen. Das Gefühl

ließ ihn nicht los. Dass er beobachtet wurde. Dass Augen auf ihn gerichtet waren. Bob fröstelte. Er sah noch einmal zurück zu dem Buddha. Nein, der war es sicher nicht. Aber er spürte die Augen, den Blick. Als würde eine unsichtbare Hand über seinen Körper gleiten, gerade so nah, dass sie ihn nicht berührte.

Bob sah zur Rückseite des Hotelgebäudes. Dort befand sich eine kleine Nische, ein Vorsprung. Kein Licht drang dorthin, eine finstere, unheimliche Ecke. Der dritte Detektiv ging langsam darauf zu und versuchte, die Dunkelheit mit seinem Blick zu durchdringen. Stand da jemand? Hörte er nicht ein Atmen? Leise, rau?

Als Bob nur noch wenige Schritte von der Nische entfernt war, schoss auf einmal laut kreischend eine Katze aus der Dunkelheit und jagte in die Nacht. Der dritte Detektiv erschrak bis ins Mark und stolperte Luft schnappend nach hinten. Eine Katze! Mann! Mistvieh!

Die Sonnenterrasse umrundete der dritte Detektiv anschließend recht zügig. Er wollte wieder ins Haus, ins Warme, wo ihn keine Katzen zu Tode erschreckten. Als er die Eingangstür hinter sich schloss, hatte sich sein Puls auch wieder halbwegs normalisiert.

Um sofort wieder in die Höhe zu schnellen! Eine Bewegung! Auf der Galerie, die im ersten Stock um die Lobby führte. Da oben war jemand! Ein Schatten, der in dem Moment innegehalten hatte, als er durch die Tür getreten war.

»Hallo?«, rief Bob leise. Er sah sich um. Wo, zum Teufel, war hier ein Lichtschalter?

Da machte der Schatten abrupt kehrt und rannte in einen

der Gänge. Bob verlor keine Sekunde und sprintete hinterher. Er sprang die Treppe hinauf und bog oben nach rechts in den Gang ein.
Gedimmte Wandlampen erhellten den Flur ein wenig. Vier Türen links, vier Türen rechts, ganz hinten ein riesiger Spiegel, vor dem Blumen, Figuren, Kerzen und anderer Krimskrams standen. Bob verlangsamte seine Schritte. Wo war der Kerl?
Plötzlich sah er den Schatten. Im Spiegel! Hinter sich! Er war gar nicht in den Gang gelaufen, sondern hatte sich auf der Galerie versteckt! Bob wirbelte herum.
Der Schatten flog die Treppe hinab. Noch bevor er unten angekommen war, setzte er über das Geländer hinweg und rannte nach links Richtung Turm. Bob tat es ihm gleich und schwang sich seitlich über das steinerne Geländer. Aber er blieb am Handlauf hängen, kam bei der Landung ins Straucheln und konnte sich gerade noch an der gegenüberliegenden Wand abfangen. Dabei stieß er ein Bild herunter, das krachend zu Boden fiel. Glas splitterte. Doch Bob achtete nicht weiter darauf, sondern setzte die Verfolgung fort.
Nur – da war niemand mehr! Der Schatten war verschwunden. Und Bob hörte ihn auch nicht mehr. Keine Schritte, kein Atmen. Spurlos verschwunden. Oder hatte er sich abermals versteckt?

El Dorado

Über sein Walkie-Talkie alarmierte der dritte Detektiv Justus und Peter. Dann schlich er aufmerksam durch den breiten Korridor Richtung Turm. Linker Hand unter der Treppe schien eine Art Besenkammer zu sein. Die Tür dazu war allerdings zugesperrt. Auf der rechten Seite, neben der Rezeption, befand sich ebenfalls eine Tür. Sie führte, wie Bob von ihrem ersten Hotelrundgang wusste, in den großen Meditationsraum. Doch auch sie war verschlossen. Es folgte noch eine kleine Sitzecke links, dann gelangte man durch eine Glastür in das Treppenhaus des Turms. Links die Treppe, rechts daneben der Aufzug. War der Kerl nach oben gefahren? Oder gelaufen?

»Bob! Was war denn?« Justus kam auf den dritten Detektiv zu. Hinter ihm rieb sich Peter den Schlaf aus den Augen.

Bob berichtete seinen Freunden, was geschehen war. »Ich gehe davon aus, dass er rauf zum Turm ist.«

»War es der Kobold?«, fragte der Zweite Detektiv.

»Ich weiß es nicht. Vielleicht. Obwohl – er lief eher aufrecht. Und war auch nicht so klein.«

»Und wenn es einfach nur ein Gast war?«, meinte Peter.

»Wieso läuft er dann vor mir davon?«

»Weil er dachte, dass du keiner bist? Dass von dir die Gefahr ausgeht?«

»Aber ich habe ›Hallo‹ gerufen.«

»›Hallo‹ kann auch heißen: ›Hallo, wo sind Sie, ich würde Ihnen gern mein Messer an die Kehle halten.‹« Peter schürz-

te die Lippen. »Vielleicht war dein Schatten einfach ein wenig ängstlich.«
»Finden wir's heraus.« Justus drückte auf den Aufzugknopf. »Bob, du fährst, ich nehme die Treppe, Peter, du kontrollierst vom Parkplatz aus, ob er über die Feuerleiter abhaut. In drei Minuten treffen wir uns wieder in der Lobby!«
Doch sie entdeckten niemanden. Nicht auf dem Turm, nicht auf der Feuerleiter, nicht auf dem Parkplatz. Ratlos sahen sich die drei Detektive an, als sie wieder in der Lobby standen.
»Vielleicht war er schon unten, bevor ich rauslief?«, mutmaßte Peter. »Zeit genug wäre gewesen.«
»Nicht gerade viel«, entgegnete Justus, »aber er hätte es schaffen können, ja.«
Die drei ??? überlegten. Was konnten sie jetzt noch tun? Im Haus nach Spuren suchen? Wenn der Schatten nicht mit verdreckten Schuhen durchs Hotel gelaufen war, gab es vermutlich auch drinnen wenig zu finden. Sollten sie die Grovers wecken?
Diese Frage zumindest erübrigte sich, weil in diesem Moment Aaron Grover im Morgenmantel die Treppe herunterkam. »Ich habe ein Krachen gehört«, flüsterte er und strich sich die Haare nach hinten. »Ist etwas passiert?«
Bob erzählte ihm, was geschehen war. Dann deutete er auf den Rahmen und die Glassplitter am Boden. »Und gehört haben Sie vermutlich, wie das Bild da zu Bruch gegangen ist. Tut mir leid. Ich bringe das wieder in Ordnung.«
»Aber dir ist nichts passiert, oder?«
»Nein, alles heil.«

»Hm, eine wirklich merkwürdige Geschichte.« Mr Grover ging zu dem lädierten Rahmen und holte vorsichtig ein Blatt Papier daraus hervor. Die drei ??? gesellten sich zu ihm.
»Was ist das?«, fragte Justus. Er konnte erkennen, dass es sich nicht um ein Gemälde oder ein Foto handelte, sondern um einen Text. Er sah aus wie ein Gedicht.
Aaron Grover lächelte, als müsste er an etwas denken, das lange zurücklag. »El Dorado«, sagte er wie zu sich selbst.
»El Dorado?« Der Erste Detektiv trat noch einen Schritt näher. »Darf ich mal sehen?«
Mr Grover reichte ihm den Bogen Papier. Peter und Bob schauten Justus neugierig über die Schulter.
Der Erste Detektiv rieb das Blatt vorsichtig zwischen seinen Fingern. »Das Papier scheint alt zu sein.«
»Ziemlich«, bestätigte Mr Grover.
Dann lasen die drei Jungen das Gedicht.

El Dorado

Ein Ritter, hehr
Von Art und Ehr',
Durch Sonnenschein zog und Schatten.
Er ritt gar lang
Durchs Land und sang
Und suchte El Dorado.

Doch wurde alt
Die Reckengestalt,
Ihm sank ins Herz ein Schatten,

Denn nirgends er fand
Ein Fleckchen Land,
Das aussah wie El Dorado.

Und als er gar
Entkräftet war,
Da traf er Pilger Schatten –
Den sprach er an:
»Schatten, wo kann
Es liegen: El Dorado?«

»Reit immerzu
Über Weinberge du
Hinab ins Tal des Schattens,
Reit fort und fort« –
War Schattens Wort –
»Dort findest du El Dorado.«

Edgar Allan Poe

»Manche der Buchstaben sind hochgestellt.« Peter deutete auf ein paar der betreffenden Buchstaben im Text. »Wissen Sie, wieso?«

»Ich habe keine Ahnung«, antwortete Mr Grover.

»Aber … Sie haben das Gedicht doch aufgehängt«, wunderte sich Bob. »Oder haben Sie den Text so gekauft?«

Aaron Grover schüttelte den Kopf. »Weder noch. Dieses Gedicht hing schon genau hier an dieser Stelle an der Wand, als wir das Haus übernommen haben. Und irgendwie … hat es mir gefallen. Ich weiß nicht genau, warum. Der Text und diese Merkwürdigkeit mit den hochgestellten Buchstaben.« Er zuckte die Achseln. »Deshalb habe ich es nach der Renovierung wieder hierhergehängt.«

»Hm«, machte Justus. »Interessant. Sehr interessant. Sie sagten, Sie hätten das Haus übernommen. Wie dürfen wir das verstehen?«

»Meine Frau und ich haben es gepachtet.«

»Aha. Dann hat vermutlich der Besitzer des Hauses das Gedicht hier aufgehängt?«

»Ich nehme eher an, dass das schon Dwight Mayfield war, der Erbauer des Hauses. Aber ich habe nie nachgefragt.«

»Dwight Mayfield, Dwight Mayfield.« Der Erste Detektiv klopfte sich auf die Lippen. »Der Name sagt mir etwas.«

»Ein sehr reicher Unternehmer«, half ihm Mr Grover weiter. »War aber lange vor unserer Zeit. Ich glaube, er lebte Anfang des letzten Jahrhunderts.«

Justus nickte abwesend. Dann sah er noch einmal auf das Gedicht. »El Dorado. Das bedeutet so viel wie *Der Goldene*. Ein sagenumwobener Mythos, ein Goldland, nach dem unzählige Menschen in der Hoffnung auf unendlichen Reichtum auf der Suche waren.«

»Sollte irgendwo in Südamerika liegen, oder?« Auch Bob erinnerte sich vage an die Legende.

»Richtig. Mit Betonung auf *irgendwo*.«

»Und warum Mythos?«, fragte Peter.

»Weil der angeblich in einem See verborgene Goldschatz nie gefunden wurde«, erwiderte Justus.

Der letzte Mohikaner

Nach der unruhigen Nacht schliefen die drei ??? bis in den späten Vormittag und frühstückten anschließend sehr gesund. Da der Kobold kaum am Tag im Hotel auftauchen würde, konnten sie hier sonst vorerst nicht viel tun. Mit den Angestellten selbst oder gar den Gästen durften sie nicht über die mysteriösen Vorkommnisse reden, weil die Grovers befürchteten, dass dann viele das Hotel fluchtartig verlassen würden. Also fuhren sie nach Hause.

Am Nachmittag trafen sich die drei Jungen wieder in der Zentrale. »Du musst es dir gar nicht bequem machen«, empfing Justus Bob, der sich gerade in einen der Sessel plumpsen lassen wollte. »Wir warten draußen auf Peter. Er müsste jeden Moment kommen. Und dann haben wir eine Verabredung.« Justus schnappte sich seinen Notizblock und wandte sich dem Ausgang zu.

»Eine Verabredung?«

»Ich erzähle es euch gleich.«

Peters MG rollte auf den Schrottplatz, als Bob gerade das Kalte Tor hinter sich schloss, einen der geheimen Zugänge zur Zentrale. Justus lief voraus, bedeutete dem Zweiten Detektiv, dass sie gleich weiterfahren würden, und zwängte sich auf die Rückbank. Bob stieg vorne ein und Peter wendete seinen Wagen.

»Wohin geht's?«, fragte der zweite Detektiv.

»145 Chapala Street, in der Nähe des Einkaufszentrums.«

»Und wer wohnt da?«, erkundigte sich Bob.

»Parker Mayfield, der Urgroßneffe von Dwight Mayfield. Ich habe vorhin mit ihm telefoniert und er hat jetzt Zeit für uns.«
»Aha. Und wieso fahren wir dahin?« Peter bog links ab.
»Hört zu«, begann Justus. »Ich habe mich über das Haus informiert. Das Hotel Lakshmi hieß früher Mayfield Hall. Erbaut wurde es 1919 von Dwight Mayfield, einem schwerreichen Unternehmer, der sein Vermögen mit Öl- und Eisenbahngeschäften gemacht hat. Mayfield, geboren 1869, starb sehr plötzlich 1933. Seine Frau war bereits fünf Jahre früher verschieden, sodass die einzige Tochter Daisy, damals 13 Jahre alt, als Vollwaise zurückblieb. Daisy selbst starb dann vor knapp 20 Jahren.«
»O…kay?« Bob hörte an Justus' Tonfall, dass da noch etwas kam.
»Wirklich interessant wird es aber erst jetzt: Als Dwight Mayfield 1933 überraschend dahinschied, hinterließ er seine Tochter so gut wie mittellos. Dieser vermeintlich steinreiche Mann vererbte seiner kleinen Tochter fast nichts! Und bis heute weiß man nicht, was aus dem Vermögen von Dwight Mayfield geworden ist.«
»Vielleicht war er einfach pleite?«, mutmaßte Peter. »Seine Geschäfte gingen den Bach runter?«
Justus schüttelte den Kopf. »Mayfield hatte sich bereits 1928, kurz nach dem Tod seiner Frau, aus dem Geschäftsleben zurückgezogen und alle seine Firmenanteile zu einem angeblich schwindelerregenden Preis verkauft. Man vermutete, dass er sich voll und ganz seiner kleinen Tochter widmen wollte. Daisy war ja damals erst acht.«

»Wer vermutete das?«, wollte Bob wissen.
»Ich habe mir die Informationen aus dem Internet zusammengesucht«, erwiderte der Erste Detektiv. »Die Sache hat damals für mächtig Wirbel gesorgt und die Zeitungen waren voll von Artikeln über Dwight Mayfield.«
»Er hat also seine Firmen zu Geld gemacht«, rekapitulierte Peter. »Zu richtig viel Geld. Und fünf Jahre später war nichts mehr davon übrig. Hat er alles verbraten, oder was?«
Justus' Augen bekamen dieses ganz bestimmte Glänzen. Ein Glänzen, das immer dann auftrat, wenn er glaubte, einem Geheimnis auf der Spur zu sein. »Genau das halten alle für völlig ausgeschlossen. Mayfield war sparsam, lebte recht bescheiden, wenn man von Mayfield Hall einmal absieht, und sorgte sich vorbildlich um das Wohl seiner Tochter. Aber dennoch hinterließ er Daisy oder auch sonst jemandem 1933 keine nennenswerten Mittel.«
»Merkwürdig.« Bob sah nachdenklich aus dem Fenster. »Wo ist das Geld dann geblieben?«
Justus nickte bedeutungsvoll. »Das ist die Frage! Es gibt Vermutungen, dass er den größten Teil seines Vermögens in Gold angelegt hatte, aber auch davon war nichts mehr da.« Er deutete durch die Windschutzscheibe. »Peter, da vorne das gelbe Haus muss es sein.«
»145. Ja, das ist es.« Peter fuhr rechts ran und parkte hinter einem himmelblauen, altersschwachen Subaru.

Parker Mayfield war um die 30 und nicht das, was man eine stattliche Erscheinung nennt. Er hatte riesige, abstehende Ohren, sein Haar lichtete sich bereits, ein kleines Bäuchlein

wölbte sich unter dem karierten Hemd und Peter hätte ihm sein Kinn auf den Kopf legen können, wenn er gewollt hätte, so klein war der Mann. Aber Parker Mayfield wirkte sehr freundlich und offen. Er bat die drei Jungen in seine kleine Wohnung, servierte ihnen in der winzigen Küche Limonade und labbrige Brezelstückchen mit Cheddar-Käse und hörte sich neugierig ihr Anliegen an.
»Das ist ja ’n Ding!«, rief er, als die drei Jungen zum Ende gekommen waren. »Ein Kobold in Mayfield Hall! Sachen gibt’s!« Er lachte. »Ist bestimmt irgend so ein Spinner, der sich einen Spaß erlaubt.« Parker sah die drei ??? mit einer Mischung aus Verwunderung und Anerkennung an. »Und ihr sollt jetzt rausfinden, was da läuft?«
Justus nickte. »Richtig. Und in dem Zusammenhang befassen wir uns gegenwärtig mit der Geschichte des Hauses. Können Sie denn unsere diesbezüglichen Ergebnisse so weit bestätigen, wie wir Sie Ihnen eben vorgetragen haben?«
»Das mit Dwight und Tante Daisy und so?« Parker rollte die Unterlippe auf. »Ja, ich habe auch nichts anderes gehört. Mich hat der ganze Familienkram allerdings auch nie wirklich interessiert.«
Peter überlegte. »War Daisy Ihre Tante?«
»Großtante zweiten Grades, um genau zu sein. Mein Großvater war Dwights Neffe und damit ihr Cousin.«
Der Zweite Detektiv schaute etwas verwirrt drein. »Ah ja. Schön. Und kannten Sie Daisy?«
»Flüchtig, ja.«
»Gibt es noch andere Mayfields?«, wollte Bob wissen. »Also diese Mayfields natürlich.«

Parker bewegte den Kopf langsam hin und her. »Soweit ich weiß, bin ich der letzte *dieser* Mayfields, wie du dich ausdrückst. Daisy hatte keine Kinder und in meiner Familie gab es in jeder Generation immer nur einen einzigen Sohn. Ich bin der letzte Mohikaner sozusagen.« Er schmunzelte.
Justus dachte kurz nach, wie er weiter vorgehen wollte. »Bei unserer Recherche sind wir auf einen merkwürdigen Sachverhalt gestoßen. Dwight Mayfield galt als sehr vermögend, hinterließ seiner Tochter Daisy aber so gut wie nichts.« Er sah Parker fragend an.
»Ist das eine Frage?«
»Ich dachte, Sie könnten dazu vielleicht etwas sagen.«
Parker wirkte amüsiert. »Klar weiß ich von der Geschichte. Und wenn es etwas zu vererben gegeben hätte und ich als Erbe von Dwight Mayfield infrage gekommen wäre, hätte mich das sicher auch interessiert. Aber da das beides nicht der Fall ist, ist mir das völlig schnuppe.«
Bob runzelte die Stirn. »Aber als letzter Mayfield bleiben doch nur Sie als Erbe übrig.«
»Könnte man meinen, ja. Aber Geld war keines da, wie ihr ja wisst, und für Mayfield Hall hatte Daisy jemand anderen im Sinn. Unter uns gesagt: Den alten Kasten hätte ich auch gar nicht haben wollen. Der zerfällt einem ja quasi unter den Händen.«
»Und wem gehört dann das Haus? Die Grovers haben es ja laut eigener Aussage nur gepachtet.«
»Wohl immer noch Spencer, nehme ich an.«
Die drei Jungen machten großen Augen.
»Dem Hausmeister?«, entfuhr es Peter.

Parker lachte. »Hausmeister! Das ist jetzt gemein. Spencer ist so was wie die gute Seele von Mayfield Hall.«
»Aber wieso hat ihm Daisy das Haus vermacht?«, wunderte sich Bob.
»Daisy hatte weder Mann noch Kinder«, erwiderte Parker. »Spencer war über Jahrzehnte hinweg ihr, wie soll ich sagen, Vertrauter? Freund? Rechte Hand?«
»Sie meinen …«, druckste Peter herum, »… die beiden hatten was miteinander? Also, ich meine … Sie wissen schon.«
Parker zuckte die Schultern. »Ich weiß es nicht. Ich glaube nicht, keine Ahnung. Spencer hat Daisy immer beigestanden. Hat ihr geholfen, das Haus in Schuss zu halten, hat sich um alles gekümmert, war stets für sie da. Und deswegen hat sie ihm vermutlich den alten Kasten hinterlassen.«
»Und weil er sich nicht von Mayfield Hall trennen wollte, jedoch die Mittel für den Unterhalt aufbringen musste, hat er das Haus verpachtet«, spann Justus den Gedanken weiter. »Wer hat sich eigentlich anfänglich um Daisy gekümmert? Als ihr Vater starb, war sie gerade mal dreizehn, besaß ein Haus, hatte aber kaum Geld.«
»Mein Urgroßvater, ihr Onkel, zog samt Familie in Mayfield Hall ein. Das Geld reichte wohl so gerade, um über die Runden zu kommen. Und als Daisy alt genug war, stellte sie Spencer ein und schmiss den Laden alleine.«
»Gab es da nicht Ärger, als Spencer alles geerbt hat?«, meinte Peter.
»Mein Vater hat etwas Geld aus Daisys Nachlass bekommen. Als Dank dafür, dass sich sein Großvater damals um Daisy gekümmert hat.« Parker lächelte verkniffen und wies auf

seine winzige Küche. »Aber wie ihr seht, ist davon nichts mehr übrig. Dad hat alles gleich auf den Kopf gehauen. Wetten, Alkohol, Poker.«

Der Erste Detektiv konnte deutlich die Verbitterung hören, die aus Parker Mayfield sprach. Das Verhältnis zu seinem Vater war offenbar nicht das beste.

Parker sah auf seine Armbanduhr. »Okay, Jungs. Ich muss dann mal. Die Arbeit ruft. Meine Schicht im Krankenhaus beginnt.«

»Sind Sie Arzt?«, fragte Bob.

»Sieht die Wohnung hier nach Arzt aus? Ich bin Krankenpfleger.«

Die drei ??? begleiteten Parker noch zu seinem Wagen, dem himmelblauen Subaru, der vor Peters MG stand. Als Parker einsteigen wollte, kam Justus noch etwas in den Sinn. Er zog das Gedicht aus der Tasche, das er sich aus dem Internet ausgedruckt hatte, und reichte es Parker.

»Sagt Ihnen dieses Gedicht irgendetwas, Mr Mayfield? Es stammt aus Mayfield Hall. Viele Buchstaben darin sind hochgestellt. Ich habe sie in dem Ausdruck markiert.«

Parker überflog das Gedicht. »El Dorado … Schatten … reit immerzu über Mondberge du hinab ins Tal des Schattens … Edgar Allan Poe.« Er gab das Blatt Justus zurück. »Nett. Aber nein, tut mir leid, habe ich noch nie gesehen. Ich weiß nicht, warum das in Mayfield Hall hängt. Bis dann, Jungs!«

Der Erste Detektiv sah dem Wagen hinterher, wie er in einer dichten Abgaswolke die Straße hinabtuckerte. Ein seltsames Gefühl beschlich ihn. So als passte irgendetwas nicht zusammen.

1929

Die drei Jungen beschlossen, noch eine Nacht im Hotel zu bleiben. Zweimal hintereinander waren nachts jetzt Unbekannte im Hotel unterwegs gewesen – vielleicht geschah auch ein drittes Mal etwas.

Bob übernahm die erste Schicht. Während er durch das Hotel lief, dachte er noch einmal über das nach, was nach dem Abendessen bei ihrem Kriegsrat zur Sprache gekommen war. Interpretierte Justus da nicht zu viel hinein? Oder hatte sich Parker Mayfield durch seine Aussagen tatsächlich verdächtig gemacht? Gut, dass er über die Familiengeschichte der Mayfields doch recht genau Bescheid wusste, obwohl sie ihm nach eigenem Bekunden *schnuppe* war, war wirklich nicht zu übersehen. Aber machte ihn das verdächtig? Er hatte ja nur gesagt, dass ihn die Sache mit dem Erbe nicht interessierte. Durchaus verständlich, nachdem sein eigener Vater Daisys Geld so schnell zum Fenster hinausgeworfen hatte. Und Mayfield Hall wollte er ohnehin nicht.

Bob sah im ersten Stock aus einem der Fenster, die zum Parkplatz hinausgingen. Mrs Grover musste noch einmal los. Eben stellte sie eine große Tasche in den Kofferraum ihres Autos. Bob wandte sich ab und überlegte weiter.

Die zweite Sache war allerdings tatsächlich merkwürdig. Justus hatte nur gesagt, dass das Gedicht aus Mayfield Hall *stammte*. Parker aber hatte geantwortet, dass er nicht wüsste, warum das Gedicht da *hing*. Davon war nicht die Rede gewesen. Und normalerweise hingen Gedichte ja nicht an

Wänden herum. Woher also wusste Parker, dass das Gedicht in Mayfield Hall an der Wand hing? Und warum sprach er das so selbstverständlich an? Parker musste eigentlich schon einmal in Mayfield Hall gewesen sein und dort das Gedicht an der Wand bemerkt haben. Warum sagte er aber dann, dass er das Gedicht noch nie gesehen hätte?
Bob seufzte und ging die Treppe hinab. Na ja, dachte er, selbst wenn Parker irgendwann mal hier gewesen war und selbst wenn er das Gedicht kennt, macht ihn das nicht gleich zum Kobold. Obwohl er klein genug war, da hatte Peter schon recht. Aber Desmond Cathpole, der überkritische Nachbar, war auch kein Riese. Und nach Bobs Ansicht hatte der durchaus ein Motiv, das Hotel zu sabotieren, nach allem, was sie bisher über ihn erfahren hatten.
Unten in der Lobby traf der dritte Detektiv auf Spencer, der den Eingangsbereich noch einmal fegte, und Elodie, die mit ihrem Hund eine letzte Gassirunde machen wollte. Diesmal kläffte Spookie nur ein einziges Mal und knurrte dann. Offenbar machte der Gewöhnungsprozess in seinem winzigen Hundehirn langsam Fortschritte.
Elodie wollte sich trotzdem nicht lange aufhalten. »Spookies Blase schwächelt in letzter Zeit ein wenig«, sagte sie und lächelte vielsagend.
»Verstehe. Dann mal schnell aufs Hundetöpfchen!« *Rattentöpfchen*, dachte Bob bei sich und grinste in sich hinein.
»Guten Abend, Spencer!«
Der alte Mann hob den Kopf, nickte und stützte sich auf seinen Besen. »Ah! 'n Abend, der Herr Neffe!« Dann fegte er weiter.

Bob hätte gerne noch etwas gesagt, sich vielleicht ein wenig unterhalten. Aber irgendwie verunsicherte ihn der Alte. Er hatte das Gefühl, als würde Spencer durch ihn hindurchsehen, als würde er alle seine Geheimnisse kennen. Ein unangenehmes Gefühl. Außerdem hatte Bob immer noch nicht ganz verarbeitet, dass Spencer das alles hier gehörte. Diesem uralten Mann in seinem verschlissenen Arbeitskittel, der nicht aufrecht laufen konnte und nachts die Fliesen fegte? Das war alles sehr seltsam. Der dritte Detektiv hob noch einmal zaghaft die Hand, wandte sich nach links und machte sich auf den Weg hinauf zur Dachterrasse.
Zu seiner Überraschung traf er dort oben Rubberwood. Er saß wieder alleine an einem Tisch, der diesmal recht nah an der Tür zum Aufzug stand. Im Schein einer Tischlampe beugte er sich über einen Block und schrieb. Neben ihm lagen aufgeschlagen zwei dicke Bücher.
Bob sprach ihn leise an, um den Mann nicht zu erschrecken. »Guten Abend, Mr Rubberwood. Von hier –«
Der Mann zuckte zusammen. »Hast du mir einen Schrecken eingejagt!« Er fasste sich an die Brust und sah auf.
»Tut mir leid, das wollte ich nicht.«
»Schon gut, schon gut. Wenn ich arbeite, bekomme ich manchmal gar nicht mehr mit, was um mich herum passiert. Was wolltest du gerade sagen?«
»Mir fiel nur auf, dass Sie hier hinten gar nicht die schöne Aussicht genießen können, die man von hier oben hat. Das Lichtermeer unter uns, der Ozean.«
Rubberwood winkte ab. »Ich bin alles andere als schwindelfrei. Mir wird schon schlecht, wenn ich auf einen Stuhl steige.«

Der dritte Detektiv kam ein Stück näher. »Sie arbeiten noch so spät?«
»Ich arbeite abends und nachts am besten.«
»Elodie hat uns schon erzählt, dass Sie an einem Buch über die Geschichte dieses Hauses schreiben.«
Rubberwood lachte und setzte die Kappe auf seinen Stift. »Na ja, so stimmt das nicht ganz. Eigentlich geht es mir um den Erbauer dieses Hauses, und auch der wird wohl nur in einem Unterkapitel meines Buches erwähnt werden.«
»Dwight Mayfield?«
Rubberwood sah Bob erstaunt an. »Du kennst ihn?«
»Ähm, ja, wir, äh, ich habe auch ein wenig recherchiert«, stammelte Bob und ärgerte sich über sich selbst. Das hätte er nicht unbedingt ausplaudern müssen.
»Soso, recherchiert.« Rubberwood strich sich eine Strähne seines blonden Haares aus der Stirn. »Ihr seid Aarons Neffen, nicht wahr? Du und deine … Brüder?«
»Jaa … Und worum soll es in Ihrem Buch gehen?«, versuchte Bob vom Thema abzulenken.
»Um die Weltwirtschaftskrise von 1929. Insbesondere um Menschen, die in dieser Zeit mit einer besonderen Geschichte aufwarten können, deren Leben damals, wie soll ich sagen, einen interessanten Verlauf genommen hat.«
»Aha. Und bei Dwight Mayfield war das der Fall?«
Rubberwood zuckte die Achseln. »Das wird sich zeigen.«
Bob beschloss, einen Versuchsballon zu starten. Dass ihm Mayfield ein Begriff war, hatte er ja ohnehin schon verraten. »Geht es vielleicht darum, dass Mayfield als steinreich galt, aber bei seinem Ableben kaum etwas hinterlassen hat?«

»Alle Achtung! Du hast aber wirklich gut recherchiert! Ja, darüber mache ich mir auch Gedanken in meinem Buch. Und darüber, dass Mayfield genau zum richtigen Zeitpunkt absprang, alles rechtzeitig vor der Krise vermutlich in Gold anlegte und dadurch zunächst fast unbeschadet aus dieser schlimmen Zeit hervorging. Viele Menschen verloren damals alles oder fast alles, weißt du.«

Bob nickte. »Davon habe ich schon in der Schule gehört.« Weltwirtschaftskrise 1929. Unzählige Unternehmen gingen praktisch über Nacht pleite, viele Menschen standen vor dem Nichts, manche begingen deswegen sogar Selbstmord. Eine wirklich dunkle Zeit. Die Dwight Mayfield nach Rubberwoods Aussage nahezu schadlos überstand – um vier Jahre später, als das Schlimmste schon vorbei war, trotzdem bankrott zu sein? Merkwürdig, wirklich merkwürdig. Aber Mayfield spukte sicher nicht als Kobold durch sein altes Haus, und sie waren ja wegen des Kobolds hier.

»Wird sicher ein tolles Buch! Ich wünsche Ihnen viel Erfolg damit«, sagte Bob. »Dann will ich Sie mal nicht weiter aufhalten, Mr Rubberwood. Schönen Abend noch.«

»Troy. Kannst Troy zu mir sagen. Schlaf gut!«

In Gedanken versunken ging der dritte Detektiv wieder nach unten. Die Geschichte von Dwight Mayfield wollte ihm nicht aus dem Kopf. Alles drehte sich um Geld oder Gold. Verschwundenes Geld, verschwundenes Gold. Hatte das mit dem Kobold zu tun? Was, wenn der Kobold irgendetwas wusste? Konnte er das? Woher?

Als Bob wieder im Erdgeschoss war, stellte er fest, dass Mr Grover das Gedicht neu gerahmt und wieder an seinem alten

Platz aufgehängt hatte. Das Gedicht. Auch darin ging es um Gold. Gold, das nie gefunden worden war. Und möglicherweise war es Mayfield gewesen, der es hier an die Wand gehängt hatte. Einfach so?
Plötzlich hörte der dritte Detektiv ein Geräusch. Ein Klappern. Es war aus dem Meditationsraum gekommen, dessen Tür jetzt nur angelehnt war. Bob näherte sich und drückte die Tür ein Stück weiter auf.
Es war Spencer. Er hantierte auf einer Art kleinem Altar herum, der links in einer Ecke stand. Ein Tischchen, kaum größer als eine Umzugskiste, das mit einem bunten Baumwolltuch verhängt war. Etliche Kerzen standen darauf, einige Götterfiguren, zwei Bilder, über die Holzketten gehängt waren, ein Räucherstäbchen sowie eine Kanne mit Öl, die aussah wie Aladins Wunderlampe.
»Ah, wieder der Neffe!« Spencer drehte kurz den Kopf. »Immer noch unterwegs?«
»Bin noch nicht müde«, antwortete Bob. Er betrachtete das riesige, knallbunte Gemälde hinter dem Altar. Die ganze Wand wurde davon eingenommen. Wieder Götter, Tiere, Pflanzen, Waffen, sogar Leichen und Totenköpfe entdeckte er darauf. Ein einziges Gewimmel von Farben und Formen.
Spencer registrierte Bobs Blick. »Ja, die alten Inder.« Er nickte zu dem Wandgemälde. »Hatten eine rege Fantasie, nicht wahr?«
»Kann man wohl sagen.«
Spencer grinste schief und zwinkerte. »Ich muss jetzt hier abschließen! Komm mit raus. Neffe!« Er schob Bob durch die Tür und sperrte hinter ihm zu.

Koboldalarm!

Justus' anschließende Wache verlief ohne besondere Vorkommnisse. Mrs Schulz-Kirschbaum war wieder unterwegs und geisterte durch die Eingangshalle, ansonsten blieb alles ruhig. Um zwei Uhr nachts kehrte der Erste Detektiv ins Zimmer zurück und weckte Peter.

Auch bei Peter passierte nichts. Zunächst. Das Hotel lag in tiefem Schlaf, auch draußen trieb sich niemand herum, alles war so, wie es sein musste. Der Zweite Detektiv hatte alle Mühe, wach zu bleiben, und machte sogar ein paar Liegestütze in der Lobby, um nicht einzuschlafen.

Um Viertel vor vier machte er sich auf seine letzte Runde. Da geschah es. Peter verließ eben den Speisesaal und wollte die Treppe hinauf in den ersten Stock gehen, als urplötzlich der Kobold vor ihm stand! Auf dem oberen Treppenabsatz!

Ein paar Sekunden standen sie sich gegenüber und starrten sich über die nur vom Notlicht erhellten Stufen hinweg an. Beide hielten den Atem an, kein Laut war zu hören außer dem Ticken der großen Standuhr. Peter blickte in ein dunkles Gesicht, aus dem die Augen wie zwei glänzende Stücke Kohle herausstachen. Wirre Haare, die wie ein Besen vom Kopf abstanden, ein pelzbedeckter Oberkörper, dünne Beinchen. Als der Zweite Detektiv den Mund schloss, wirbelte der Kobold herum und rannte davon.

Peter brauchte zwei weitere Sekunden, bis er aus seiner Schreckstarre erwachte. Dann sprintete er ebenfalls los und zog im Laufen das Walkie-Talkie aus seinem Gürtel. »Alarm!

Koboldalarm!«, rief er in das Sprechfunkgerät. »Kollegen, aufwachen! Los, er rennt in den zweiten Stock!«
Die Schritte des Kobolds waren auf den mit Teppich ausgelegten Stufen nicht zu hören und die Dunkelheit hatte seinen Körper längst verschluckt.
»Was ist los? Hört ihr mich?« Peter presste sich den Lautsprecher ans Ohr.
»Zweiter?«, meldete sich eine verschlafene Stimme. »Hast du was gesagt?«
»Ja, zum Geier! Der Kobold ist hier! Macht schon! Ich nehme den ersten Stock, ihr den zweiten und dritten. Einer von euch dann rauf zum Turm, ich sehe auch noch draußen nach. Danach Treffpunkt Lobby.«
»Okay, sind unterwegs.«
Tatsächlich konnte der Kobold überall sein. In jedem Stockwerk waren das vordere Treppenhaus und das hintere, das zum Turm hochführte, über die Zimmerflure miteinander verbunden. Selbst wenn der Kobold wirklich in den zweiten Stock geflüchtet war, konnte er über den Gang und das hintere Treppenhaus wieder nach unten oder noch weiter nach oben gelangt sein.
Peter durchsuchte im Schein seiner Taschenlampe das erste Stockwerk, doch auf der Galerie und auch im Gang war niemand. Der Zweite Detektiv lief durch das hintere Treppenhaus nach unten und eilte im Erdgeschoss durch den Flur zurück zur Lobby und hinaus auf den Parkplatz. Vielleicht kletterte der Kerl wieder die Feuerleiter hinab. Peter hastete durch die Nacht hinüber zu dem viereckigen Gemäuer und sah nach oben. Im Laufe des Tages waren dicke Wolken auf-

gezogen, die auch jetzt noch große Teile des Nachthimmels bedeckten und den Mond verhüllten. Aber es war niemand an der Mauer, so viel konnte Peter erkennen. Auch der Parkplatz war menschenleer.
Er lief zurück zum Haupteingang und betrat die Lobby. Waren Justus und Bob schon da? Peter sah sich um. Da bemerkte er den Schatten. Am hinteren Ende des Ganges, der zum Turm führte. Er kam in seine Richtung und schien ihn nicht bemerkt zu haben. Peter huschte geduckt zum Treppenabsatz und verbarg sich hinter dem Geländer. Wenn der Schatten in die Lobby wollte, musste er an ihm vorbei.
Der Zweite Detektiv lauschte angestrengt und versuchte, seine eigenen Atemgeräusche so gut wie möglich zu unterdrücken. Leise Schritte näherten sich. Ein kaum wahrnehmbares Schleifen, so als striche der Schatten mit seinen Fingern an der Wand entlang. Peter spannte seine Muskeln an und machte sich bereit. Als der Schatten aus dem Gang in die Lobby trat, sprang Peter auf.
»Hab ich dich!« Mit einem Satz war der Zweite Detektiv über dem Unbekannten und warf ihn zu Boden.
Ein erstickter Schrei. »Aua! Wer sind Sie? Was soll das?«
»Justus?«
»Peter?«
»Bist du das, Erster?«
»Ja! Mann! Geh runter von mir!«
Der Zweite Detektiv ließ von seinem Freund ab. »Tut mir leid, ich dachte, du wärst der Kobold.«
»Bin ich klein und bucklig?« Justus setzte sich auf und rieb sich den Ellenbogen.

»Ich hab doch kaum was erkennen können. Nur dass da jemand war. Mist!« Er schaltete seine Taschenlampe aus und wieder ein. »Muss beim Aufprall kaputtgegangen sein.«
»Was macht ihr denn da?« Bob kam die Treppe herunter. »Man hört euch ja durchs ganze –« Der dritte Detektiv hielt abrupt inne. »Da! Da vorne ist er!«
Justus und Peter folgten Bobs ausgestrecktem Finger. Der Kobold stand im Eingang zum Speisesaal. Kein Zweifel. Klein, grün, bucklig.
»Den schnappen wir uns!« Peter sprang auf und zog Justus auf die Beine. Dann nahmen die drei ??? die Verfolgung auf. Der Kobold huschte durch den Speisesaal und verschwand an dessen hinterem Ende durch die Tür zur Küche. Die drei Detektive hatten Mühe, mit ihm Schritt zu halten. Vorbei an Regalen mit Töpfen und Tellern, zwei riesigen Gasherden, metallen glänzenden Spülbecken und Kühlschrankmonstern jagten sie dem Wesen durch die Dunkelheit hinterher. Bob stieß dabei ein paar große Schöpfkellen herunter, die laut scheppernd auf dem Fliesenboden landeten.
Sie blieben stehen und sahen sich keuchend um. In der linken hinteren Ecke der Küche befand sich eine weitere Tür. War der Kobold dort verschwunden? Hinter der Tür führte eine schmale Steintreppe in die Tiefe. Peter fand einen Lichtschalter, drückte ihn und unten flammte eine nackte Glühbirne auf. Kurz darauf standen die Jungen in einer Art Weinkeller.
»Wo ist er hin?« Bob drehte sich um die eigene Achse.
»Er muss hier drin sein!« Peter legte den Finger auf die Lippen und wandte sich nach rechts. Wie ein Raubtier, das seine

Beute wittert, schlich er auf ein großes Fass zu. Dahinter konnte man sich gut verbergen.
»Ha!« Der Zweite Detektiv sprang auf den hölzernen Behälter, bereit, sich sofort auf den Flüchtigen zu stürzen. Aber da war niemand. »Mist!«
Justus gab schweigend Anweisungen. Er wollte die linke Seite des Kellers abdecken, Bob die Mitte, Peter die rechte Seite. Viele Verstecke gab es nicht. Ein paar größere Kartons, einige frei stehende Regale, zwei Tische, Getränkekisten, drei Schränke. Und der Kobold war hier, die drei ??? konnten seine Anwesenheit förmlich spüren.
So lautlos wie möglich arbeiteten sie sich nach vorne. Jede Sekunde konnten sie den Kobold aufscheuchen, und dann hieß es geistesgegenwärtig sein, ihn nicht entwischen lassen! Hinter den Kartons war er nicht und auch nicht hinter den Regalen. Unter die Tische hatte er sich ebenfalls nicht verkrochen.
Aber ein Schrank stand einen Spalt weit offen! Justus schnippte einmal leise mit dem Finger und beorderte seine Freunde zu sich. Als Peter und Bob bei ihm waren, zeigte er auf die angelehnte Tür. Der Zweite Detektiv nickte und positionierte sich rechts von der Tür, Bob links. Justus nickte seinen Freunden zu, dann umschloss seine Hand den Türknauf. Mit den Fingern der anderen Hand zählte er ab. Eins, zwei, drei … Justus riss die Tür mit einem Ruck auf!
Ein hässliches Kichern ertönte! Aber nicht aus dem Schrank! Hinter ihnen! Der Kobold sprang unter der Treppe hervor, jagte die Stufen hinauf und knallte oben die Tür zu. Dann drehte sich ein Schlüssel im Schloss.

Peter ließ die Schultern sinken. »Wie dämlich kann man denn eigentlich sein? Wieso hat keiner von uns an die Treppe gedacht?«

»Wir sind wirklich die Größten!« Bob lief nach hinten, stieg die Stufen hinauf und rüttelte an der Tür. »Nichts zu machen. Hallo!« Er klopfte ungestüm ans Türblatt. »Hört uns jemand? Hallo?«

»Lass gut sein, Dritter«, sagte Justus. »Hier unten hört uns jetzt bestimmt niemand. Aber ich schätze, in einer guten Stunde wird jemand in der Küche zugange sein, um das Frühstück vorzubereiten. Dann können wir uns bemerkbar machen.« Der Erste Detektiv ließ seinen Blick durch den Weinkeller schweifen. »Bis dahin sollten wir uns ein wenig umsehen. Hier waren wir noch nicht.«

»Der Kobold kennt sich hier dafür recht gut aus.«

Es war ein sehr alter Weinkeller. Dicke, gemauerte Ziegelwände, die sich nach oben hin zu einem niedrigen Gewölbe rundeten. Ausgetretene, zum Teil lose und kippelige Pflastersteine auf dem Boden, uralte Eichenholzregale an den Wänden, in denen aberdutzende von staubigen Flaschen lagerten. Auch andere Lebensmittel und Getränke wurden hier aufbewahrt, dazu einiger Krimskrams, den man in der Küche oder anderswo im Hotel benötigte. Kartons mit Gläsern und Tellern, Werkzeuge, Putzutensilien, Schrauben, Sanitärartikel und so weiter.

Justus nahm eine Flasche aus einem der hinteren Regale und betrachtete sie. »Ein Sherry. 30 Jahre alt.«

»Willst du dir so lange einen ansäuseln, bis uns jemand findet?«, witzelte Peter. Plötzlich hielt er inne und lauschte.

Ein Fass Amontillado

»Nein, keine Sorge. Ich –«
»Schtt!« Peter hob den Finger. »Habt ihr das auch gehört?«
»Was denn?« Justus ließ die Flasche sinken.
Der Zweite Detektiv verharrte mit erhobenem Finger und schief gelegtem Kopf. »Nein, doch nicht. Ich dachte, da war was.«
Justus lächelte und zeigte auf die Flasche. »Das erinnert mich an einen anderen Text von Edgar Allan Poe. Ein Fass Amontillado.«
»Geht es da nicht um jemanden, der bei lebendigem Leib eingemauert wurde?«, erinnerte sich Bob.
»Genau. Er wird in einen Weinkeller wie diesen gelockt, um angeblich einen alten Sherry, einen Amontillado, zu kosten. Aber das ist eine Falle und schließlich wird er lebendig eingemauert.« Justus zwinkerte Peter zu. »Vielleicht hat sich ja in unserem Weinkeller Ähnliches zugetragen und du hast gehört, wie diese arme Seele mit ihren blutigen Fingernägeln an den Steinen kratzt.«
»Das ist nicht komisch«, brummte Peter.
»Für denjenigen, der eingemauert wurde, nicht, da gebe ich dir recht.«
»Kannst du jetzt damit aufhören? Solche Dinge kamen wahrscheinlich tatsächlich –« Peter verstummte. Bob zuckte zusammen und Justus entglitt beinahe die Flasche.
Ein Geräusch! Ganz deutlich! Und es kam aus der Wand!
»War … war das ein Tier?«, hauchte Peter.

»Ein Tier, das hustet?« Justus legte ein Ohr an die Wand. »Ich höre Schritte. Hinter der Mauer bewegt sich jemand.«
»Hinter oder in?« Peter sah im Geiste einen Eingemauerten vor sich, der verzweifelt in seinem steinernen Grab hin und her lief.
»Wie *in*? Wie willst du denn in einer Mauer laufen? Ich vermute sehr stark, dass hinter dieser Wand ein weiterer Raum ist.«
»Sollen wir uns bemerkbar machen?«, wisperte Bob.
Justus schüttelte den Kopf. »Noch nicht. Lasst uns erst überprüfen, ob es hier einen Durchlass, ein Loch in der Wand oder Ähnliches gibt. Haltet nach einem Mechanismus Ausschau, der eine geheime Tür, eine Klappe oder so etwas öffnet!«
»Ich mach mal die Glühbirne aus«, sagte Peter. »Vielleicht sehen wir dann einen Lichtschein.«
»Gute Idee.«
Der Zweite Detektiv lief zu dem Schalter und knipste ihn aus. Sofort wurde es stockdunkel im Weinkeller. Doch Licht, das durch einen Spalt oder eine andere Öffnung drang, konnten sie nicht entdecken.
Bob hatte mittlerweile ebenfalls sein Ohr an die Mauer gelegt. Aber er konnte nichts mehr hören. »Alles ruhig.«
»Bei mir auch«, sagte Justus. »Hier muss es aber irgendeine Art von Öffnung geben. Ich spüre einen Luftzug.«
»Vielleicht ist auch nur die Mauer rissig und es zieht deswegen«, meinte Peter und machte das Licht wieder an.
»Wir sind unter der Erde«, widersprach der Erste Detektiv. »Wie sollte es da zu einer Luftzirkulation kommen, wenn

nur die Mauer einen Riss hat und dahinter massives Erdreich liegt? Nein, es muss eine weitere Verbindung nach draußen geben.«

»Hier!«, raunte Bob plötzlich. »Da ist ein kleiner Spalt! Hinter dem Regal!«

Justus und Peter eilten zu ihm. Bob hatte recht! Eine senkrechte, gleichmäßige Fuge tat sich hinter dem Regal in der Wand auf.

»Sieht tatsächlich nach einer Geheimtür aus!«, erkannte Justus. »Packt mit an, Kollegen!«

Im Nu hatten die drei Jungen das Regal leer geräumt und wollten es von der Wand ziehen. Doch es ließ sich nicht bewegen. Es war fest mit der Wand verbunden. Das Regal war die Tür! Doch nirgendwo entdeckten sie einen Öffnungsmechanismus. Erst mit vereinten Kräften gelang es den drei ???, das Regal samt Wand so weit vorzuziehen, dass ein schmaler Durchlass entstand.

»Ein Königreich für eine Taschenlampe!«, murmelte Justus und trat durch das finstere Loch. Das Licht aus dem Keller drang nur schwach herein.

Die Jungen stellten fest, dass sie sich in einer Art Gang befanden, einem kaum schulterbreiten Tunnel, in dem Peter den Kopf einziehen musste, wenn er sich keine Beule holen wollte.

Nachdem sie sich einige Schritte vorangetastet hatten, stoppte Justus plötzlich. »Hier ist eine Abzweigung«, flüsterte der Erste Detektiv. »Und von dahinten kommt Licht.« Geradeaus verschwand der Weg wieder in völliger Dunkelheit, aber wenn man den Gang nach rechts hinunterblickte, sickerte ein gutes Stück weiter hinten von oben ein spärliches Grau in den gemauerten Stollen. »Da scheint es nach draußen zu gehen.«

Auf einmal veränderte sich das Licht. Ein rötlicher Schimmer, der zu atmen schien, fiel in den Schacht. Noch einmal wurde das Glimmen stärker und wieder schwächer, dann verblasste es nahezu.

»Jemand raucht!«, zischte Bob. »Zigarette!«

Der Erste Detektiv nickte und ging auf die Lichtquelle zu. Dort musste sich irgendeine Art Ausgang befinden. Nach wenigen Augenblicken fand er seine Vermutung bestätigt. Eine rechteckige Öffnung tat sich in der Decke des Ganges auf. Das Abdeckgitter darüber war halb zur Seite gerückt.

Der Erste Detektiv bewegte sich im Zeitlupentempo noch ein Stück weiter nach vorne und versuchte, nach draußen zu blicken. Zuerst sah er nur ein Stück Himmel, dann rechts die aufragende Außenwand des Hotels. Und plötzlich leuchtete im Schatten dieser Außenwand eine glimmende Zigarettenspitze auf. Dort draußen stand jemand!

Justus drehte sich nach hinten um und bedeutete seinen Freunden wortlos, dass da jemand war. *Wer?*, fragte Peter ebenfalls stumm. *Woher soll ich das wissen?*, gestikulierte Justus. Dann wandte er sich wieder dem Unbekannten zu. Wenn der nur ein weiteres Mal an seiner Zigarette zog, würde er vielleicht etwas von dessen Gesicht erkennen können! Aber stattdessen bückte sich der Schatten in diesem Moment und näherte sich der Schachtöffnung. Eilig scheuchte Justus seine Freunde rückwärts. Im nächsten Augenblick wurde der Gitterrost knirschend auf die Öffnung geschoben. Gleichzeitig breitete sich ein rötlicher Lichthof über dem Schacht aus. Der Erste Detektiv konnte sogar hören, wie der Schatten an seiner Zigarette sog. Wenn er jetzt nur hinaufsehen könnte – aber dann würde er auch selbst gesehen werden. Kurz darauf entfernten sich draußen Schritte.

»Hinterher!«, zischte Peter. »Los!«

Justus schob sich wieder nach vorne und drückte von unten gegen das Gitter. Aber er bekam es nicht auf.

»Was ist?«, fragte Bob.

»Ich weiß es nicht, es klemmt. Oder man kann es von außen feststellen.«

»Aber der Typ kam doch auch von innen raus.«

»Ja«, erwiderte Justus ungehalten, »vielleicht hatte er es offen gelassen, was weiß ich. Willst du es versuchen?«

Bob kam nach vorne und auch Peter zwängte sich neben seine Freunde. Sechs Hände tasteten das Gitter ab, befühlten seinen Rand, suchten nach einer Möglichkeit, die Abdeckung zu entfernen.

»Da! Wartet!« Bob quetschte seinen Zeigefinger durch eine der Gittermaschen. »Ah, ist das eng. Aber da … ist … ein Stift oder so, den ich … Moment … nach oben schieben … Hab's gleich … Jetzt!« Mit einem Klicken löste sich der Mechanismus.

»Super, Dritter!« Peter drückte gegen das Gitter und schob es zur Seite. Nacheinander kletterten die drei Jungen ins Freie.

»Wo ist er hin?« Der dritte Detektiv sah sich um. Sie befanden sich hinter dem Hotel. In der kleinen Nische, in der ihn letzte Nacht die Katze so erschreckt hatte. Er erinnerte sich genau an das Gefühl, von hier aus beobachtet worden zu sein. Hatte er sich doch nicht geirrt? War da außer der Katze noch jemand gewesen?

»Rechtsherum«, sagte Justus. »Glaube ich. Sehen konnte ich ja nichts, nur hören.«

Die drei Detektive liefen ein Stück am Hotel entlang, umrundeten wie Bob gestern Nacht die Sonnenterrasse und erreichten den Parkplatz. Niemand war hier. Der Vorplatz lag menschenleer und ruhig im milchigen Licht der beginnenden Dämmerung. Ein erster Vogel begann hektisch zu zwitschern.

»Verflixt!«, ärgerte sich Peter. »Wo kann der so schnell hin sein?«

»Vielleicht hat er uns bemerkt und versteckt sich«, sagte Justus. Unauffällig blickte er sich um. Nichts.

»Oder er ist im Haus«, meinte Bob. »Sollen wir da nach ihm suchen?«

»Nein«, entschied Justus. »Lasst uns zu dem Schacht zurückkehren. Sehen wir nach, wohin der andere Weg führt.«

Ein merkwürdiger Fund. Oder zwei?

Die drei ??? traten den Rückzug an. In der Nische angekommen, stiegen sie nacheinander wieder durch die Schachtöffnung in den Gang hinab, folgten ihm bis zur Gabelung und wandten sich nach rechts. Die fortschreitende Dämmerung kroch nun auch in diesen Teil des Ganges, sodass sie ungefähr sehen konnten, wohin sie liefen.

»Wartet noch!« Der dritte Detektiv drehte sich um. »Lasst uns die Geheimtür zum Weinkeller lieber schließen. Wenn gleich Leben in die Küche kommt, geht vielleicht jemand da runter, und es ist sicher besser für unsere Ermittlungen, wenn nicht gleich alle von dem Geheimgang wissen.«

»Gut kombiniert!«, sagte Justus.

Die drei ??? liefen zurück, um die Tür zuzuziehen. Sie suchten bei der Gelegenheit auch hier außen nach einem Öffnungsmechanismus und fanden einen Ziegelstein, der sich in die Mauer schieben ließ. Wie von Geisterhand schloss sich die schwere Tür.

»Wenn es so etwas auf der anderen Seite nicht gibt, soll man den Durchlass wohl nur von dieser Seite aus benutzen können«, schlussfolgerte Justus.

»Aber wozu?«, fragte Peter.

»Das werden wir herausfinden.«

Die drei Detektive wandten sich wieder ihrem ursprünglichen Plan zu, den Rest des Geheimganges auszukundschaften. Der Tunnel verlief nach der Gabelung noch etwa zehn

Meter schnurgeradeaus, stieg dabei jedoch etwas an. Dann machte er einen scharfen Linksknick und endete vor einer Wand.

»Das ist sicher keine Sackgasse«, flüsterte Bob. »Würde keinen Sinn ergeben.«

»Das sehe ich genauso.« Justus klopfte vorsichtig gegen die Wand. »Klingt hohl.«

»Wieder eine Tür?«, riet Peter.

»Vermutlich.« Der Erste Detektiv begann, die Oberfläche abzutasten. »Es muss auch hier einen Mechanismus geben. Einen losen Stein, einen Haken, eine Leiste, irgendetwas.«

Sie untersuchten die Mauern rechts und links und bald hatte Peter den Ring gefunden. An der linken Seite des Ganges ragte er auf Höhe seines Knöchels aus der Mauer. Als er daran zog, sprang die Wand vor ihnen ein Stück auf. Justus drückte sie nach innen, was diesmal ohne Schwierigkeiten möglich war, und betrat den Raum dahinter.

»Der Meditationsraum!«, staunte Bob. »Wir sind im Meditationsraum.«

»Richtig.« Justus besah sich von innen die Tür, durch die sie eben gekommen waren. Sie war ein Teil der südlichen Wand des Meditationsraumes und verschwand in einem Muster aus geometrischen Linien, die hier aufgemalt worden waren. »Eine sogenannte Tapetentür. Keine Klinke, kein Griff, von innen so gut wie nicht zu erkennen.«

Bob lief zur Eingangstür des Raumes und drückte einen der Lichtschalter. Zwei Stehlampen in den Ecken gingen an, und Peter zog die schweren Vorhänge vor die Fenster, damit weniger Licht nach draußen drang.

Aufmerksam sahen sich die drei ??? um. Eine leere, mit Teppich ausgelegte Fläche. Der kleine Altar links in der Ecke, das Wandgemälde, die zwei Regale mit dünnen Gummimatten und Sitzkissen.
Plötzlich runzelte Bob die Stirn. Er lief zum Wandgemälde und hob etwas auf, das dort auf dem Boden lag.
»Was hast du da?«, fragte Peter.
Bob besah sich das Ding von allen Seiten. »Es klingt vielleicht blöd, aber ich würde sagen, eine Tierkralle.«
»Eine was?«
»Ja, sieht wirklich aus wie eine Tierkralle. Vielleicht von einem Hund.«
Justus nahm Bob die Kralle aus der Hand. »Aber dann von einem eher kleinen Hund. Waschbärgröße. Oder Fuchs.«
»Spookie?«, überlegte Bob.
Justus machte ein skeptisches Gesicht. »Der ist zu klein.«
»Vielleicht konnte sich auch eine der Damen beim Meditieren nicht von ihrem Pelzjäckchen trennen«, witzelte Peter.
Aber Bob blieb ernst. »Wisst ihr, was seltsam ist? Ich habe auf meiner Runde gestern Abend Spencer hier drinnen getroffen. Er war mit Aufräumen und Saubermachen beschäftigt. Wir verließen den Raum gemeinsam, er sperrte ihn von außen zu. Und ich könnte schwören, dass dieses Ding zu diesem Zeitpunkt hier noch nicht lag. Ich stand ganz in der Nähe und sah mir das Wandgemälde an. Die Kralle hätte ich bestimmt bemerkt. Oder wenn nicht ich, dann Spencer.«
»Hm«, machte Justus. »Wenn das stimmt, muss jemand nach euch hier drin gewesen sein. Jemand, der einen Schlüssel zu diesem Raum hat.«

»Der Kobold«, überlegte Peter. »Und das ist eine seiner Krallen.«
Eine Bewegung ließ Justus aufsehen. Aus dem Augenwinkel hatte er wahrgenommen, wie etwas vor der Stehlampe vorbeigeflattert war. »Eine Motte.« Der Erste Detektiv beobachtete das Insekt, wie es um die Lichtquelle herumschwirrte.
Peter machte ein fragendes Gesicht. »Ja?«, sagte er gedehnt. »Das ist eine Motte. Richtig.«
Justus wirkte für einen Moment irritiert. »Eine Kleidermotte, wenn mich nicht alles täuscht. Und ich dachte … hmmm, egal.« Er straffte sich. »Die Kralle also. Wie kam die hierher?«
»Vielleicht ist sie Spencer aus der Tasche gefallen?«, überlegte Bob. »Beim Rausgehen. Deswegen haben weder er noch ich sie bemerkt.«
»Wieso sollte Spencer Tierkrallen in seiner Tasche herumtragen?«, entgegnete Peter.
»Weil er nebenher …«, Bob blies die Backen auf und zuckte die Achseln, »… Frettchen züchtet? Oder die Kralle irgendwo gefunden, aufgehoben und dann hier verloren hat? Ich weiß es nicht.«
»Und ich höre Geräusche in der Lobby, wahrscheinlich geht der Hotelbetrieb los«, sagte Justus. »Lasst uns von hier verschwinden. Je weniger Personen erfahren, wo wir überall waren und was wir bereits wissen, desto besser. Sehen wir nach, ob die Grovers schon wach sind, und teilen ihnen unsere Ergebnisse mit.« Der Erste Detektiv machte eine kurze Pause. »In wohldosierter Form. Alles sollten wir auch ihnen nicht sagen.«
Die drei ??? machten das Licht aus, zogen die Vorhänge wie-

der auf und verließen den Meditationsraum auf demselben Weg, auf dem sie ihn betreten hatten. Sie verschlossen die Tapetentür, liefen durch den Tunnel, stiegen durch die Schachtöffnung ins Freie und legten den Gitterrost an seinen Platz. Bob sorgte dafür, dass die Verriegelung wieder festsaß. Nichts sollte darauf hinweisen, dass sie hier gewesen waren. Dann umrundeten sie das Hotel und betraten die Lobby durch den Haupteingang.

Aaron Grover war bereits auf den Beinen. Er stand hinter der Rezeption und blickte in den Computer. Als er die drei ??? bemerkte, grüßte er sie freundlich. »Guten Morgen! Schon so früh unterwegs?«

»Guten Morgen«, erwiderte Justus. »In der Tat. Und wir hätten einiges mit Ihnen zu besprechen.«

Der Hotelbetreiber runzelte die Stirn. »Was Ernstes? Ist etwas passiert?«

»Gewissermaßen.«

Die drei Detektive berichteten Mr Grover von Peters Begegnung mit dem Kobold und auch davon, dass sie ihn in den Weinkeller verfolgt hatten. Von dort sei er ihnen dann jedoch entkommen. Auch von dem Fremden hinter dem Hotel erfuhr ihr Auftraggeber. Aaron Grover zeigte sich aufrichtig besorgt, stellte Fragen über Fragen und überlegte sogar, ob er jetzt die Polizei einschalten sollte. Schließlich sei es nun eine Gewissheit, dass sich nachts Personen in und an seinem Hotel herumtrieben, die offenbar nichts Gutes im Schilde führten. Doch die drei ??? konnten ihn überzeugen, die Polizei noch außen vor zu lassen. Das würde die Gäste aufschrecken und wahrscheinlich auch jene Verdachtspersonen vertreiben, und dann käme man ihnen vermutlich gar nicht mehr auf die Schliche.

»Oder diese Subjekte versuchen, ihre dunklen Ziele dann auf anderen Wegen zu erreichen«, gab Justus zu bedenken. »Und das stellt uns wieder vor neue Rätsel.«

»Außerdem haben wir womöglich den Vorteil, dass sie uns im Gegensatz zur Polizei unterschätzen«, meinte Bob. »Diese Unbekannten wissen ja gar nicht, dass wir gegen sie ermitteln. Sie halten uns für Ihre Neffen, die nachts durchs Haus schleichen, weil sie vielleicht ein bisschen schräg oder abenteuerlustig sind oder so.« Er grinste unschuldig. »Verwirrte Teenies eben.«

Mr Grover nickte nachdenklich. »Wahrscheinlich habt ihr recht. Aber wenn wir nicht bald wissen, was hier los ist, oder wenn gar irgendetwas passiert, das die Gäste gefährdet, dann muss ich die Polizei alarmieren.«

»Natürlich. Wir tun unser Bestes«, versicherte Justus.

Die Jungen verabschiedeten sich und gingen hinauf zu ihrem Zimmer.

»Glaubt ihr ihm?«, überlegte Peter. »Nehmt ihr ihm ab, dass er sich Sorgen macht?«

Bob nickte. »Ja, schon.«

»Auch auf mich wirkt er vertrauenswürdig«, meinte Justus.

Dennoch hatten die drei Jungen das Gefühl, dass es richtig gewesen war, Mr Grover nicht alles zu verraten.

Steinchen für Steinchen

Nach den jüngsten Ereignissen gab es einiges, das die drei ??? überprüfen und recherchieren mussten. Deswegen begaben sie sich nach einem viel zu kurzen Nickerchen und einem schnellen Hotelfrühstück gegen Mittag in die Zentrale. Jedem von ihnen steckte zwar die vergangene Nacht wieder spürbar in den Knochen und insbesondere Peter kam aus dem Gähnen gar nicht mehr heraus. Aber wenn sie das Rätsel um den grünen Kobold lösen wollten, bevor die Polizei den Fall übernahm, mussten sie jetzt dranbleiben.

»Also die … Kralle.« Peter machte sich nicht mal mehr die Mühe, beim Gähnen die Hand vor den Mund zu halten. Zu anstrengend. »Wer kann uns da helfen? Irgendeine Idee?«

»Wie wär's mit Dr. Brolin?«, meinte Bob.

»Der Hundepsychologe aus Santa Monica?«

»Warum nicht? Er ist auch Tierarzt und hat uns jetzt schon in zwei Fällen weitergeholfen. Er kennt uns. Wenn wir zu irgendeinem anderen Fachmann gehen, müssen wir vermutlich erst einmal alle möglichen Fragen beantworten.«

»Gute Idee, Dritter«, sagte Justus. »Wer übernimmt Brolin?«

»Kann ich …«, Peter gähnte noch einmal herzhaft, »… machen. Ich wollte sowieso mal wegen Shadow … mit einem Arzt reden. Er hat in letzter Zeit immer mal wieder … Verdauungsbeschwerden.« Shadow war Peters Irischer Wolfshund. Er lebte auf der Orangenplantage von Peters Cousine im Hinterland von Los Angeles, wo ihn der Zweite Detektiv so oft wie möglich besuchte.

»Okay. Dann übernehme ich Mayfield und du die Bibliothek, Bob?«
»In Ordnung.« Der dritte Detektiv nickte.
Justus erhob sich aus seinem Sessel und sah auf die Uhr. »Besprechung heute Abend um sieben Uhr auf der Dachterrasse. Vielleicht sind wir dann schon etwas schlauer.«

Als Peter zwei Stunden später Dr. Brolins Praxis verließ, wusste er tatsächlich, von welchem Tier die Kralle stammte. Von einem Fuchs. Dr. Brolin war sich da sehr sicher gewesen. Aber machte ihn das schlauer? Wie, zum Teufel, überlegte der Zweite Detektiv, kam die Kralle eines Fuchses in das Meditationszimmer? Noch dazu die Kralle eines präparierten Fuchses. Denn Dr. Brolin hatte unter seinem Mikroskop deutliche Anzeichen dafür zu erkennen geglaubt, dass die Kralle – beziehungsweise der Fuchs, zu dem sie gehört hatte – präpariert worden war. Es war also kein lebendiger Fuchs durch den Meditationsraum spaziert und hatte dabei eine Kralle verloren. Aber es war eben auch kein toter Fuchs gewesen. Also kein normal toter Fuchs. Er war präpariert gewesen. Wobei natürlich weder der eine noch der andere durch die Gegend spaziert sein konnte.
Auf dem Weg zurück nach Rocky Beach zerbrach sich der Zweite Detektiv den Kopf darüber, wie die Kralle in den Meditationsraum hatte gelangen können. Doch ihm wollte einfach keine schlüssige Erklärung einfallen. Außerdem hatte er Hunger. Er hatte den ganzen Tag noch nichts Vernünftiges gegessen. Als Peter kurz darauf am Cheerful Chicken vorbeikam, einem beliebten Schnellimbiss am Highway,

beschloss er daher, sich erst einmal mit ein paar Chickenwings zu stärken. Vielleicht dachte es sich mit vollem Bauch ja ein wenig besser.
Als der Zweite Detektiv jedoch am Tresen stand und seine Bestellung aufgeben wollte, stellte er fest, dass er seine Geldbörse in der Zentrale vergessen hatte. Und in seinen Hosentaschen fanden sich gerade mal dreißig Cent.
»War wohl nichts mit Chickenwings.« Grummelnd drehte sich Peter um und wollte eben den Imbiss verlassen, als er Rubberwood entdeckte. Er saß an einem der hinteren Tische nah am Fenster. In der einen Hand einen Hähnchenschenkel, in der anderen einen Kugelschreiber. Vor ihm auf dem Tisch lag ein aufgeschlagenes Buch, in dem Rubberwood tief versunken las. Er schien nichts von dem mitzubekommen, was um ihn herum geschah.
Der Zweite Detektiv überlegte, ob er Rubberwood bitten sollte, ihm ein paar Dollar zu leihen. Aber irgendwie war Peter das peinlich. Einen nahezu fremden Mann anzupumpen, damit er sich ein paar Chickenwings kaufen konnte? Nein, das wollte er dann doch nicht. Außerdem war er ja bald zu Hause. Unverrichteter Dinge und mit knurrendem Magen verließ Peter das Schnellrestaurant.

Justus musste die Nummer mehrere Male wählen, bevor er Parker Mayfield zu Hause erreichte. Vermutlich hatte er Dienst. Aber kurz nach vierzehn Uhr ging er ans Telefon.
»Hallo, Justus! Na, was gibt's Neues an der Koboldfront? Habt ihr den Kerl schon geschnappt?« Er lachte so, als hielte er das alles für einen guten Witz.

Woher wollen Sie wissen, dass es sich um einen Mann handelt?, dachte Justus, behielt das aber für sich. Er wollte Parker nicht verschrecken. »Nein, wir ermitteln noch. Und deswegen wollte ich auch noch einmal mit Ihnen sprechen beziehungsweise Sie etwas fragen.«
»Schieß los!«
»Haben Sie vielleicht noch alte Familienfotos? Ich dachte, wenn solche Bilder noch existieren, dann müssten sie sich vermutlich in Ihrem Besitz befinden.«
Parker zögerte. »Ich glaube, ich hab tatsächlich noch irgendwo einen alten Karton mit Fotos rumstehen.«
»Sind da auch Aufnahmen von Mayfield Hall dabei?«
»Ich denke schon, ja.«
»Könnte ich mir die Bilder einmal ansehen? Jetzt gleich?«
Wieder überlegte Parker einen Moment. »Okay, wenn's nicht zu lange dauert. Ich weiß zwar nicht, was an diesen alten Fotos so interessant sein soll, aber meinetwegen komm vorbei.«
»Ausgezeichnet! Bis gleich!« Justus legte auf und machte sich auf den Weg. Er hoffte, anhand der Fotos etwas über die frühere Nutzung des Meditationsraums zu erfahren, in den der Geheimgang mündete, und herauszufinden, wofür oder von wem dieser einmal angelegt worden war.
Parker Mayfield empfing den Ersten Detektiv an seiner Wohnungstür. Er trug eine ausgebeulte Jogginghose und ein labberiges Kapuzenshirt der Harvard University. »Dann mal rein in die gute Stube.« Parker winkte Justus vorbei und schloss hinter ihm die Tür. Wie beim ersten Besuch lotste er ihn in die Küche. »Möchtest du etwas trinken?«

»Nein, vielen Dank.«

Parker schob Justus einen Stuhl hin, rückte sich selbst einen zurecht und zog einen alten Schuhkarton heran. »Ich hab den Kram schon mal rausgesucht.« Er nahm den Deckel ab und hielt Justus den Karton hin. »Hier. Tob dich aus. Ich hab keine Ahnung, was da alles drin ist. Ist Jahre her, dass ich da mal reingeschaut habe.«

Der Erste Detektiv nahm ein Foto nach dem anderen aus dem Schuhkarton und besah sich aufmerksam die alten Aufnahmen. Es waren viele Porträts dabei, zum Teil von Leuten, die auch Parker nicht kannte. Justus erfuhr, wie Dwight und Daisy Mayfield ausgesehen hatten, und fand auch ein Foto des jungen Spencer. Viel mehr interessierten ihn jedoch die Bilder von Mayfield Hall, und da erregte bald eins seine besondere Aufmerksamkeit. Ein uraltes Foto der Lobby, auf dem man deutlich das Gedicht an der Wand hängen sah. Das war vielleicht die einfache Erklärung dafür, dass Parker gewusst hatte, dass das Gedicht an der Wand hing. Er hatte es auf dem Foto bemerkt. Aber warum hatte er dann zu ihnen gesagt, dass er es noch nie gesehen hätte?

Und noch ein weiteres Bild ließ den Ersten Detektiv innehalten. Ein großer Raum war darauf zu sehen, der, der Möblierung nach zu urteilen, offenbar als Schlaf-, Wohn- und Arbeitszimmer zugleich genutzt worden war. Und aufgrund der Anordnung der Fenster war sich Justus ganz sicher, dass es sich bei dem Zimmer um den heutigen Meditationsraum handelte. Er fragte Parker Mayfield.

Parker sah ebenfalls auf das Bild und lächelte. »Das weiß ich zufällig tatsächlich. Die Geschichte hat mir Dad erzählt. Das

ist das Schlafzimmer des alten Dwight. Angeblich hatte er es nicht leicht mit seiner Gwendolyn.«
»Seine Frau, richtig?« Justus war bei seinen Recherchen auf den Namen gestoßen.
»Genau. Zickte hier, nörgelte da, war wohl echt schwierig und sorgte vor allem immer dafür, dass der Wein, Dwights große Leidenschaft, weit genug weg war. Irgendwann hatte der Alte genug und zog in sein eigenes Schlafzimmer.« Parker deutete auf das Foto. »Das da.«
»Verstehe«, murmelte Justus. Eine leise Ahnung stieg in ihm auf, was es mit dem Geheimgang womöglich auf sich haben könnte.
Die restlichen Fotos waren nicht mehr sonderlich aufschlussreich, sodass sich der Erste Detektiv nach einer knappen halben Stunde wieder verabschiedete. Als er sich von seinem Stuhl erhob, machte er jedoch eine bemerkenswerte Entdeckung. Auf dem dritten Stuhl, der unter den Tisch geschoben war, lag ein Scrabble-Brett. Darüber war zwar ein Geschirrtuch gebreitet, aber nicht vollständig. Justus sah deutlich einige der typischen Buchstabenfelder. Grüne, blaue, rote. Und noch etwas sah er. Eine Reihe gelegter Buchstaben, die ein Wort ergaben: Dorado.
Parker hatte bemerkt, wohin Justus geblickt hatte. »Ja, so ist das bei alten Junggesellen!« Er nahm das Brett vom Stuhl, sodass die Buchstaben verrutschten, und legte es auf den Tisch. Dabei lachte er viel zu laut und übertrieben. »Die spielen sogar gegen sich selbst. Na, wie wär's? Möchtest du eine Runde gegen mich spielen? Hast du Lust?«
Der Erste Detektiv schüttelte den Kopf. »Ich muss los.«

Bob hatte den Lesesaal der Bibliothek von Rocky Beach fast für sich alleine. Jetzt am frühen Nachmittag und bei dem traumhaften Wetter verschlug es kaum jemanden in das dunkle, etwas angestaubte Gewölbe. Der dritte Detektiv begab sich zu den Geräten, auf denen die Mikrofiche-Archive, auf Filmmaterial verkleinerte Texte und Bilder, gespeichert waren, und zog sich einen der bequemen, grün gepolsterten Sessel heran. Dann schaltete er den weißen Kasten ein.

Er suchte nichts Bestimmtes, wollte sich einfach in den alten Zeitungen alles ansehen, was er über Mayfield Hall und seine Bewohner fand. Er begann 1919, dem Jahr der Erbauung von Mayfield Hall.

Am ergiebigsten erwies sich die Los Angeles Times. Dort fanden sich etliche Artikel und Fotos. Über den Bau von Mayfield Hall, die Einweihung, über Dwight Mayfield und seine Frau Gwendolyn, über Feste und Empfänge und natürlich auch über den plötzlichen Tod von Dwight Mayfield. Doch das meiste war Klatsch und Tratsch, die Leute auf den Fotos sagten Bob nichts, wirklich wichtige Informationen konnte er nicht entdecken.

Da er noch reichlich Zeit hatte, beschloss der dritte Detektiv, auch die jüngere Vergangenheit nach Informationen über Mayfield Hall zu durchforsten. Das hatte den Vorteil, dass er dazu ins Internet gehen und mit Suchbegriffen arbeiten konnte.

Und tatsächlich! Hier stieß Bob auf zwei sehr interessante Informationen. Zunächst fand er einen alten Bauplan von Mayfield Hall, den er sich ausdruckte. Als er ihn sich genauer anschaute, schien es ihm, als hätte das Meditationszimmer

im Vergleich zu diesem Plan andere Proportionen. Aber das würde er vor Ort überprüfen müssen.
Und dann fesselte ihn ein etwa zwanzig Jahre alter Artikel in der Rocky Beach Today. Darin wurde über eine Weihnachtsspeisung für Arme berichtet, die Daisy Mayfield in ihrem Haus veranstaltet hatte. Ein Foto zeigte die alte Dame lachend inmitten von Tellern, Schüsseln und Töpfen. Neben ihr stand ein etwa zehnjähriger Junge, der fröhlich zu ihr aufschaute. Und Bob war sich ziemlich sicher, dass er den kleinen Jungen kannte. Die Ohren waren einfach unverwechselbar. Es war Parker Mayfield.

Blutige Verwirrung

Das Wetter schlug am Abend wieder um. Die ersten grauen Wolken zogen wie ein Geschwader unförmiger Fesselballons vom Pazifik her ins Land. Noch regnete es nicht, aber es war nur eine Frage der Zeit, bis die ersten Tropfen fallen würden.

Dennoch trafen sich die drei ??? wie verabredet auf der Dachterrasse des Hotels Lakshmi. Zum einen konnten sie einigermaßen sicher sein, dass niemand sie hier oben bei ihrer Unterredung belauschte, zum anderen hing die schwüle Hitze des Tages noch in den Zimmern und sie wollten an der frischen Luft sein.

Allerdings wurde es später als sieben Uhr. Mrs Grover bestand darauf, sie noch einmal zum Abendessen einzuladen, und tischte ihnen ein Vier-Gänge-Menü auf. Offenbar hatte sie große Hoffnung, die Jungen zu einer veganen Ernährungsweise bekehren zu können. Daher war es längst dunkel, als sich die drei Detektive im Schein einer Stehlampe um einen der Tische auf der Dachterrasse setzten. Angesichts des Wetters und der fortgeschrittenen Stunde waren sie die Einzigen hier oben, was ihnen durchaus gelegen kam. Niemand würde argwöhnisch werden, weil sie ihre Köpfe zusammensteckten.

Als die drei Jungen schließlich ihre Informationen ausgetauscht hatten, war es kurz vor zehn Uhr. Unten aus dem Hotel klang noch leise indische Sitar-Musik zu ihnen herauf, irgendwo schepperten Teller.

Justus klappte die Mappe mit seinen Unterlagen zusammen und sah nachdenklich zu der Glühbirne der Stehlampe hinauf, in deren Lichthof zahllose Insekten schwirrten. Auch einige Nachtfalter waren darunter. »Also war die Kralle laut Dr. Brolin präpariert. Beziehungsweise der Fuchs, zu dem die Kralle gehörte. Interessant. Hm.« Justus begann, seine Unterlippe zu kneten – von jeher ein Zeichen dafür, dass er scharf nachdachte.

»Ja, aber hast du hier irgendwo ausgestopfte Tiere gesehen?«, fragte Peter. »Außer Spookie, streunenden Katzen und ein paar Motten gibt es hier gar keine Tiere. Wir sind in einem Veganer-Hotel!«

Justus sah seinen Freund nachdenklich an. Lange. Dann blickte er auf die Kralle, die auf dem Tisch lag.

»Was ist?«

»Weiß nicht. Nur so ein Rumoren im Kopf.« Justus beugte sich über den Ausdruck des Bauplans von Mayfield Hall, den Bob mitgebracht und auf dem Tisch ausgebreitet hatte. »Und du denkst, Dritter, der Meditationsraum ist heute kleiner als damals?«

Bob zeigte auf die betreffende Stelle. »Ja. Hier. Die Wand mit dem riesigen Gemälde. Ihr wisst schon. Das mit den Göttern, den Leichen, den Totenköpfen und so weiter. Die wurde meines Erachtens nachträglich eingezogen. Die ursprüngliche Außenwand befindet sich circa zwei Meter dahinter. Das habe ich vorhin überprüft.«

Justus beugte sich zurück, knetete aber weiter seine Unterlippe. »Früher war es das Schlaf- und Wohnzimmer des alten Dwight Mayfield. Stellt sich die Frage, ob bereits er die

Wand eingezogen hat, ob es Daisy war oder ob die Grovers das gemacht haben.«
»Wieso ist das so wichtig?«, wollte Peter wissen.
»Ich weiß noch nicht, ob das wichtig ist. Aber wir sollten diesen baulichen Umstand im Hinterkopf behalten. Immerhin ist das zusammen mit dem Geheimgang schon die zweite Besonderheit dieses Raumes.«
»Okay, gespeichert. Aber wirklich brandheiß sind doch die Infos über Parker. Oder, Kollegen?« Peter nahm das Zeitungsfoto zur Hand, das Bob ebenfalls ausgedruckt hatte. »Ich meine, das ist er, hundertprozentig. Diese Ohren gibt es nur einmal. Das heißt, er kannte Daisy weit besser als nur *flüchtig*, wie er uns glauben machen wollte.« Der Zweite Detektiv klappte den Daumen aus. »Das ist Punkt eins. Dann sagt ihm das Gedicht durchaus etwas, und zwar weil er es in Mayfield Hall gesehen hat. Punkt zwei, an dem er höchstwahrscheinlich gelogen hat.« Peter fuhr den Zeigefinger aus. »Und Punkt drei.« Der Mittelfinger kam hinzu. »Er tüftelt auf seinem Scrabble-Brett an dem Gedicht herum. Wir haben zwar keine Ahnung, wieso und warum, aber offenbar weiß er da mehr als wir.« Peter sammelte seine Finger wieder ein und lehnte sich zurück. »Für mich ragt er ganz klar aus der Gruppe unserer Verdächtigen heraus.«
»Herausragen«, murmelte Justus geistesabwesend und blickte zu dem fahlen Mond, der sich für einen Moment über dem Weinberg zwischen den dunklen Wolken zeigte. »Herausragen.« Er holte das Gedicht aus seinen Unterlagen hervor und las es zum x-ten Male seit dem Nachmittag durch. »Steine.«

»Steine?« Peter sah seinen Freund verwirrt an.
»Ich hatte gerade so ein Gefühl, dass …« Justus verstummte. Wie gebannt starrte er auf den Mond, dann zum Weinberg, wieder zum Mond.
»Justus? Was ist?«, fragte Bob.
»Weinberge! Heiliges Kanonenrohr! Herausragen! Hochstellen! Steine!«
»Justus?«
»Hier!« Der Erste Detektiv klatschte das Blatt auf den Tisch. »Wir sind so blind! Hier! Im Originaltext soll der Pilger über *Mond*berge reiten! Aber in dem Gedicht, das unten an der Wand hängt, steht *Wein*berge! Weinberge, versteht ihr? Weinberge! Wir hatten das die ganze Zeit vor der Nase und haben es nicht bemerkt!«
»Sicher?« Peter griff nach dem Blatt. »Steht da unten *Weinberge*? Daran kannst du dich erinnern?«
Justus sah seinen Freund befremdet an. Natürlich konnte er sich an so etwas erinnern! Er hatte ein nahezu fotografisches Gedächtnis!
»Ist ja gut!«, entschuldigte sich Peter.
Bob musste kurz überlegen. »Du meinst, das ist ein Hinweis, Just?«
»Bestimmt! Und die angehobenen Buchstaben … wie die hochgeschobenen Scrabble-Steine … Steine … Anheben … Wein … Donnerwetter!« Justus bekam vor lauter Aufregung keinen vollständigen Satz mehr heraus und sah seine Freunde nur aus großen Augen an. »1933! Kollegen! Die Executive Order 6102!«
Peter bewegte langsam den Kopf hin und her. »Ich kann dir

nicht folgen. Ich habe nicht die leiseste Ahnung, wovon du sprichst.«

»Ich auch nicht«, sagte Bob.

»Aber das ist doch sonnenklar! Das hatten wir letztes Jahr in Geschichte!«

»Geschichte letztes Jahr ist wie vor meiner Geburt«, meinte Peter trocken.

»Aber die Executive Order 6102 muss euch doch – was soll's. Wir müssen dringend –«

Hinter der Glastür, die zur Dachterrasse führte, ging das Licht an. Die drei Jungen erkannten Spencer im Flur vor dem Aufzug. Einen Moment später trat der alte Mann ins Freie.

»Ah, die drei Neffen! Sieh einer an! Was heckt ihr denn aus?« Er keckerte leise in sich hinein.

»Äh, nichts«, erwiderte Bob. »Wir sitzen hier nur und reden.«

»Äh, dann müsst ihr das jetzt drinnen machen. Ich muss hier zusperren. Husch, husch.«

»Klar.« Peter erhob sich.

Justus jedoch zögerte. »Diese Tür ist nachts abgeschlossen«, murmelte er nachdenklich.

»Na, was glaubst du denn?«, erwiderte Spencer. »Ich lasse doch keine Türen nachts offen.«

»Das Schild an der Tür. Richtig.« Justus wirkte hoch konzentriert. »Gäste werden gebeten, die Tür nach 22.30 Uhr zu sichern, falls sie noch auf die Terrasse wollen. Die Tür lässt sich von außen mit den Zimmerschlüsseln nicht aufsperren.«

»Genau«, bestätigte Spencer. »Und wenn sie reingehen, sollen sie sie wieder schön zumachen. Steht auch drauf. Und für

die Vergesslichen gibt es noch die Ruftaste zur Rezeption. Aber jetzt«, Spencer wedelte mit seiner Hand, »ab ins Körbchen, die Herren Neffen, ich will Feierabend machen!«
Die drei Detektive packten ihre Sachen zusammen und verließen die Dachterrasse. An der Tür verabschiedeten sie sich von Spencer, wünschten ihm eine gute Nacht und gingen zur Treppe.
Nach den ersten Stufen steigerte Justus sein Tempo. »Los, Kollegen!«, zischte er. »Mir nach! Wir müssen sofort in den Weinkeller!«
Peter und Bob warfen sich einen ratlosen Blick zu. Sie konnten sich Justus' plötzliche Aufregung nach wie vor nicht erklären. Was hatte er entdeckt?
Sie verließen das Hotel durch den Haupteingang und liefen zu Bobs Käfer. Justus holte drei Taschenlampen aus dem Auto, drückte Peter und Bob ohne weitere Erklärungen je eine davon in die Hand und setzte dann seinen Weg fort. Er umrundete das Gebäude und steuerte hinter dem Haus die Nische an, in die der Schacht mündete.
Dort angekommen, sah sich Justus noch einmal um. Niemand befand sich im Moment hinter dem Haus, keiner beobachtete sie. Er schaltete seine Taschenlampe ein und bückte sich zu dem Gitter hinab. »Verflixt!«
»Was ist los?« Peter ging ebenfalls in die Knie.
»Das Gitter liegt nur lose auf. Er ist uns zuvorgekommen!«
»Wer?«
»Kommt mit!« Der Erste Detektiv schob den Gitterrost zur Seite, setzte sich auf die Kante des betonierten Schachtes und ließ sich nach unten gleiten. Peter und Bob folgten.

Der Lichtstrahl aus Justus' Taschenlampe reichte bis zur Gabelung. Gestampfter Erdboden, gemauerte Wände, eine feuchte, muffige Kühle. Alles wie gehabt.
Sie gingen dicht hintereinander bis zur Gabelung, wo Justus gerade nach links Richtung Weinkeller abbiegen wollte, als er urplötzlich stehen blieb, als wäre er vor eine Wand gelaufen. Peter wäre fast gegen ihn geprallt. Langsam führte der Erste Detektiv den Lichtschein nach rechts und richtete ihn zu Boden.
»Oh mein Gott!«
»Was hast du? Was –« Peter sog erschrocken die Luft ein. »Verdammt!«
Im Gang lag jemand am Boden.
»Wer ist das?«, flüsterte Bob.
Auch Bob und Peter schalteten ihre Taschenlampen ein. Das Licht glitt über Beine in Jeans, einen Oberkörper in einem karierten Hemd. Reglos lag die Gestalt im Staub. Es handelte sich um einen Mann. Dann erfasste das Licht sein Gesicht. Über seine Schläfe zog sich ein feiner Blutfaden, der in wilden Dreadlocks und den Maschen einer knallbunten Jamaica-Mütze versickerte.
»Desmond Cathpole?« Justus wirkte völlig überrascht.
Bob kniete sich hin. »Er atmet noch. Mr Cathpole?« Der dritte Detektiv berührte den Mann an der Schulter. »Hallo? Hören Sie mich?«
Ein Zucken ging durch den Körper des Mannes. Seine Lider flatterten, er zog das rechte Bein an, bewegte seinen Kopf. Mit einem Mal holte er ruckartig Luft und setzte sich so abrupt auf, dass Bob schnell zurückweichen musste.

»Was? Au!« Er riss seine Hände vors Gesicht, um sich vor dem Licht zu schützen. Die drei Jungen senkten sofort ihre Taschenlampen.

»Mr Cathpole? Ist alles in Ordnung?«, fragte Peter.

»Wer … wer seid ihr? Was macht ihr hier?« Der junge Mann griff sich an den Kopf und stöhnte leise auf.

»Was ist passiert?«, wollte Justus wissen.

»Keine Ahnung. Da war auf einmal irgendwer und dann hat's Rums! gemacht und ich war weg.« Mühsam rappelte sich Cathpole auf. Bob und Peter halfen ihm dabei.

»Sie konnten niemanden erkennen?«, hakte Justus nach.

»Nein, zum Teufel. Wer seid ihr überhaupt? Wie kommt ihr hier rein? Au, tut das weh!«

»Sollen wir einen Arzt rufen?«, fragte Bob.

»Nein, alles gut. Lass nur.«

Justus drehte sich kurz um und hielt den Strahl seiner Taschenlampe dorthin, wo der Geheimgang in den Weinkeller mündete. Er sah das, was er befürchtet hatte. »Kollegen! Die Tür zum Weinkeller. Sie ist offen!«

»Kollegen? Hä?« Cathpole rieb sich über das Gesicht und stützte sich auf seine Knie. »Was ist hier los, zum Geier?«

»Können wir Sie für einen Moment alleine lassen?«, fragte Justus.

»Ist mir egal«, ächzte der Mann, der noch sichtlich mit den Nachwirkungen seines Knock-outs zu kämpfen hatte.

»Kommt mit, Kollegen.« Der Erste Detektiv lief voraus, Peter und Bob hinterher.

Als sich die drei Jungen durch die Geheimtür gezwängt hatten, richtete Justus seine Taschenlampe sofort zu Boden.

»Mist! Wir sind zu spät!«
Der Steinboden sah auf den ersten Blick aus wie eine Wiese voller Maulwurfshaufen. Auf den zweiten Blick erkannten die Jungen, dass die kleinen Hügel Steine waren. Pflastersteine, die an etlichen Stellen aus dem Boden gerissen worden waren und jetzt überall verstreut herumlagen. Dort, wo einst die Steine eingepasst gewesen waren, starrten sie nun viereckige Löcher an.
»Was hat das zu bedeuten?«, entfuhr es Peter.
»Dass wir schnellstens zu Parker Mayfield müssen!«, erwiderte Justus und drehte sich um.
»Aber wieso?«, rief Bob.
»Erklär ich euch unterwegs. Los jetzt, wir müssen uns beeilen!«
Als die drei ??? wieder zur Gabelung des Geheimganges gelangten, war Desmond Cathpole verschwunden.
»Wo ist der Kerl hin?« Peter zuckte die Achseln.
»Egal«, beschied Justus. »Im Augenblick gibt es Wichtigeres zu tun.«
Die Jungen hasteten zum Parkplatz und stiegen ins Auto. Bob wendete seinen Wagen mit auf dem Kies knirschenden Reifen und gab Gas, dass die Steinchen spritzten.
Während der dritte Detektiv seinen Wagen die kurvenreiche Strecke hinunter Richtung Küstenstraße lenkte, erklärte Justus seinen Freunden, was seiner Meinung nach geschehen war und welcher Zusammenhang zwischen den Dingen bestand.
»Deswegen waren die Steine herausgerissen?« Peter konnte kaum glauben, was er da hörte.

»Ja, davon ist auszugehen«, erwiderte Justus. »Und Parker muss das gewusst oder zumindest geahnt haben. Mithilfe des Scrabble-Bretts.«
Ein Wagen kam ihnen entgegen. Bob achtete darauf, auf der schmalen Straße so weit rechts wie möglich zu fahren.
»Aber wieso jetzt?«, wunderte sich Peter, während sie der entgegenkommende Wagen genau unter einer der spärlich vorhandenen Straßenlaternen passierte.
»Vermutlich haben gerade wir ihn auf die Idee gebracht, was das Gedicht zu bedeuten hat. Aber er hat sich bestimmt schon immer gefragt hat, wo –«
»Kollegen!«, fiel Bob Justus ins Wort und sah gebannt in den Rückspiegel. »Habt ihr das Auto gesehen?«
»Was ist damit?«, fragte Justus.
»Das war ein himmelblauer, alter Subaru.«
»Parkers Auto? Aber wieso fährt der *zum* Hotel?«
»Kehr um, Bob! Folge ihm!«

Höllenfeuer

Als der dritte Detektiv seinen Wagen wendete, zuckte ein greller Blitz über den nachtschwarzen Himmel. Im nächsten Augenblick klatschten auch schon die ersten dicken Regentropfen auf die Windschutzscheibe des Käfers.

»Dann kann das im Weinkeller aber nicht Parker gewesen sein«, sagte Peter, während Bob versuchte, den Käfer zu beschleunigen. Auf der steilen Küstenstraße nahm der Wagen nur quälend langsam wieder Fahrt auf.

»Ich ... kann mir das im Moment auch nicht erklären«, gab Justus zu. »Dabei war ich mir so sicher.«

»Vielleicht war es doch Cathpole«, meinte Bob und schaltete krachend in den vierten Gang. Ganz kurz konnte er auf einer längeren Geraden die Rücklichter des Subarus erkennen, dann bog Parker um die nächste Kurve.

»Du meinst, er hat uns zum Narren gehalten?« Peter machte ein finsteres Gesicht. »Könnte sein, ja. Als wir ihn entdeckten, hat er toter Mann gespielt und ist dann bei der erstbesten Gelegenheit abgehauen.«

»Aber er hat geblutet!«, meinte Bob. »An der Schläfe. Hat er sich selbst eins über die Rübe gezogen, um uns zu täuschen? Das wäre doch völlig unnötig gewesen.«

»Außerdem war das Blut angetrocknet«, sagte Justus. »Cathpole wurde niedergeschlagen, das steht fest.«

»Aber nicht von Parker.« Peter nickte nach vorne. Die ersten Lichter von Mayfield Hall waren zu sehen. »Von wem dann? Dem Kobold? Spencer? Mr Grover? Jemand ganz anderem?«

»Oder es war doch Parker, und der hat was vergessen und ist gerade noch mal umgekehrt«, überlegte Bob.
Justus deutete auf den schwach beleuchteten Parkplatz des Hotels. »Da steht der Subaru.«
Der dritte Detektiv stellte seinen Käfer direkt daneben. Die drei ??? schnappten sich ihre Taschenlampen und sprangen aus dem Auto. Im mittlerweile strömenden Regen umrundeten sie abermals das Hotel. Als sie beim Einstieg in den Geheimgang ankamen, blitzte es ganz in der Nähe. Eine Sekunde später entlud sich der Donner mit einem gewaltigen Schlag, der den Boden erzittern ließ und den drei Jungen fast den Atem nahm.
»Lasst uns bloß schnell runtergehen!«, sagte Bob und setzte sich auf den Rand des Schachtes. Das Gitter lag nach wie vor neben der Öffnung.
»Hoffentlich ersaufen wir da drin nicht«, knurrte Peter und wischte sich das Gesicht ab. Wie Justus und Bob tropfte ihm das Wasser aus den Haaren und seine Kleidung klebte am Körper.
»Warte kurz, Dritter!« Justus leuchtete nach unten. »Okay. Nichts zu sehen. Gehen wir rein.«
Diesmal erwartete sie keine Überraschung. Der Gang war leer. Kein Laut war zu hören außer den Atemgeräuschen der drei Detektive. War Parker gar nicht hier unten?
Justus eilte los, bog um die Ecke und hielt auf den Eingang zum Weinkeller zu. Auch diese Tür stand nach wie vor offen. Aber noch bevor er sich durch den Spalt gezwängt hatte, sah er im Licht seiner Taschenlampe eine Bewegung. Dort drin war jemand! Oder etwas.

»Wer ist da?«, rief der Erste Detektiv und drang in den Weinkeller vor. Peter und Bob folgten ihm auf dem Fuß. Niemand war zu sehen. Alle drei ließen die Strahlen ihrer Lampen wie Lichtschwerter durch den Raum sausen. Bis Peter innehielt.
»Da!« Sein Lichtkegel hatte eine Gestalt erfasst.
»Zum Teufel, was wollt ihr hier?« Parker kam, den Arm vors Gesicht haltend, hinter einer Kiste hervor. »Nimm den verdammten Schweinwerfer runter!«
Peter ließ den Lichtstrahl zu Boden sinken.
»Wart ihr das etwa?«, fuhr Parker die Jungen an.
Justus zögerte irritiert. »Waren wir was?«
»Die Steine! Habt ihr sie rausgerissen? Das Zeug gehört mir!«
»Tun Sie nicht so!« Peter machte einen Schritt auf den Mann zu. »Das waren Sie doch selbst!«
»So ein Schwachsinn! Ich bin drei Minuten vor euch hier runtergekommen. Und was finde ich?« Er bückte sich, hob einen der Pflastersteine auf und schleuderte ihn an die gegenüberliegende Wand. »Nichts! Alles weg!« Er zeigte auf den von Löchern und Steinen übersäten Boden. »Jemand ist mir zuvorgekommen! Und das wart ihr, gebt es zu! Ihr schnüffelt seit Tagen hier herum. Ich weiß zwar nicht wie, aber irgendwie seid ihr auf den Trichter mit dem Gedicht gekommen und habt dann die Steine rausgeholt.« Parker kam nun seinerseits auf die Jungen zu. Sein Gesicht war zu einer wütenden Grimasse verzerrt, seine Augen zu blitzenden Schlitzen verengt.
»Parker.« Justus hob beruhigend die Hand. »Ich versichere Ihnen, dass wir damit nichts zu tun haben. Und ich glaube

Ihnen, dass auch Sie nicht verantwortlich für diese Verwüstung sind.«
»Tust du?«, fragte Peter verblüfft.
»Ja.« Justus nickte. Die Wut und die Enttäuschung Parkers waren echt, daran hatte er keinen Zweifel.
»Aber wer dann?« Bob war sichtlich irritiert.
»Woher wisst ihr überhaupt –«
Ein Geräusch ließ alle herumfahren. Ein Knacken. Es kam von einem der Regale neben der Geheimtür. Peter lief mit vorgehaltener Taschenlampe dorthin und leuchtete zwischen die Bretter und Flaschen.
»Da ist nichts. Nur alte Weinflaschen und dahinter die Wand. Muss das Holz gewesen sein.« Der Zweite Detektiv wollte sich gerade wieder umdrehen, als er plötzlich innehielt. Noch einmal richtete er den Lichtstrahl auf die Flaschen in dem Regal. Er hob die andere Hand und wischte bei einer Flasche den Staub vom Etikett. »Trarbacher Hühnerberg«, las er langsam und nahm die Flasche aus dem Regal.
»Was ist los, Zweiter?«
»Trarbacher Hühnerberg. Irgendwas klingelt da bei mir, aber ich weiß nicht … Hühnerberg, Hühnerberg …« Peter wirbelte herum. »Kollegen! Ich weiß, wer es war!« Er kam auf seine Freunde zu und hielt ihnen die Weinflasche wie einen Pokal entgegen. Seine Augen leuchteten vor Aufregung. »Trarbacher Hühnerberg! Hühner!«
»Ja, und?«, meinte Justus und schüttelte den Kopf. Bob schaute nur verwirrt drein.
Peter deutete auf die Flasche. »Als ich heute Mittag –«

Ein böses Fauchen jagte durch den Keller. Im gleichen Moment loderte an der Tür zum Geheimgang eine mannshohe Flamme auf!
»Verdammt!«, entfuhr es Parker, der zwei Schritte nach hinten taumelte. Auch die drei Jungen wichen erschrocken zurück. In Sekundenschnelle füllten die Flammen den ganzen Durchlass und griffen auf die Regale daneben über.
Plötzlich ertönte ein hässliches Gelächter. Ein bösartiges, triumphierendes Hohnlachen, das sich hinter der lodernden Tür schnell im Geheimgang entfernte.
»Der Kobold!«, rief Bob und eilte zu dem brennenden Durchgang.
»Der Kobold?« Parker hustete und hielt sich die Hand vors Gesicht. »Zum Teufel, der Kerl will uns grillen! Wir müssen hier raus!« Er blickte sich hektisch um und hastete zur Steintreppe.
»Kommen wir da noch durch, Dritter?« Justus zog sich sein Shirt über Mund und Nase.
»Nein, keine Chance!«, rief Bob.
»Verflucht! Hier oben ist zu!« Parker rüttelte an der Tür zur Küche. »Hallo!«, schrie er und hämmerte dagegen. »Hallo! Hört uns jemand? Hilfe!«
Plötzlich flog eine Flasche gegen die brennende Wand und zersplitterte dort mit lautem Knall. »Los, Kollegen!« Peter hatte schon die nächste in der Hand. »Helft mir!« Der Zweite Detektiv holte aus und schleuderte eine weitere Flasche ins Feuer.
»Gute Idee, Zweiter!« Justus eilte zu den Getränkekisten und griff nach zwei Flaschen gleichzeitig.

»Genial, Peter! Aber nehmt nichts Alkoholisches!«, warnte Bob und verbarg sein Gesicht ebenfalls unter seinem T-Shirt. »Sonst fliegt uns der Keller um die Ohren!«
Flasche um Flasche flog in die Flammen. Auch Parker beteiligte sich an der Löschaktion und pfefferte wie die drei Detektive Limonade, Mineralwasser und Saft ins Feuer. Die Glasflaschen zersprangen an der Wand oder den Regalen und verspritzten ihren flüssigen Inhalt auf die Flammen. Es knallte unentwegt, Splitter flogen umher, das Feuer prasselte und biss um sich, Qualm und Rauch waberten durch den Keller und Peter dachte für einen Augenblick, dass es wohl so in der Hölle aussehen könnte.
Aber sein Plan ging auf. Mit jeder Flasche konnten sie die Flammen weiter zurückdrängen und Munition war hier unten zur Genüge vorhanden.
»Es reicht, Kollegen!«, rief Justus schließlich hustend. »Wir können raus.«
»Die zwei noch!« Peter katapultierte zwei Flaschen Orangensaft an die Wand über den geheimen Durchgang und löschte damit auch noch die letzten beiden Brandnester.
»Gut gezielt!« Bob hob seine Taschenlampe wieder auf und leuchtete auf den Türspalt.
Pechschwarz und triefend vor Nässe stand der Rahmen in der Wand. Oder das, was von ihm übrig war. Hier und da rauchte es noch, die verkohlten Regalbretter konnten jeden Moment zusammenbrechen und überall lagen Splitter herum. Aber sie hatten es geschafft!
»Geht es allen gut?«, fragte Justus, als er über die Glassplitter hinweg durch die Öffnung stieg.

»Ziemliches Kratzen im Hals, aber sonst alles im grünen Bereich«, erwiderte Peter.
»Jungs, das war großer Sport!« Parker hustete und spuckte den Schleim auf den Boden. »Ihr habt echt einiges auf dem Kasten. In so einer Situation derart clever und abgebrüht zu reagieren! Alle Achtung! Ihr habt mir mein Fell gerettet, und daran hänge ich wirklich sehr!«
»Gern geschehen«, antwortete Bob.
»Und jetzt«, sagte Peter und trat als Letzter in den Geheimgang, »gehen wir Hühner jagen!«

Justus flattert ins Licht

Da Spencer den Meditationsraum um diese Zeit sicher schon abgeschlossen hatte, mussten die drei ??? und Parker den Geheimgang wieder über den Lichtschacht verlassen. Draußen regnete es immer noch wie aus Eimern. Aber wenigstens hatte das Gewitter nachgelassen. Vereinzelt zuckten noch Blitze über den Himmel, doch der Donner folgte erst sehr viel später. Das Gewitter war ins Landesinnere gezogen.

Die vier stülpten sich ihre Jacken über die Köpfe und rannten um das Hotel herum. Alles triefte vor Nässe, man hatte förmlich das Gefühl, unter Wasser zu laufen und sogar Wasser zu atmen. Auf dem Parkplatz standen überall tiefe Pfützen, und da Peter kaum darauf achtete, wo er langlief, und nur schnell ins Trockene wollte, trat er schließlich platschend in eine hinein.

»Ah, Mist!«, schimpfte er und spürte sofort, wie die Nässe durch seine Turnschuhe und Socken drang.

Vor dem Haupteingang schüttelten sich die Jungen kräftig und streiften das Wasser von ihrer Kleidung. Sie und Parker sahen aus wie gebadete Hunde. Dann traten sie durch die große Tür in die Lobby.

»Na, aber hallo! Was ist denn mit euch passiert? Regnet es etwa draußen?« Aaron Grover lachte fröhlich.

Er und Spencer saßen in zwei Korbsesseln neben der Standuhr. Mr Grover hatte entspannt die Arme verschränkt, Spencer hockte schief auf der Kante des Sessels. Offenbar hatten sie sich gerade unterhalten.

»Gut, dass wir Sie treffen.« Peter ging auf die beiden zu. Auf den glatten Fliesen quietschten seine durchnässten Schuhe bei jedem Schritt.
»Du machst mir hier alles nass, Junge!«, krächzte Spencer und zeigte auf die Wasserflecken auf dem Boden.
»Ich glaube, das ist im Augenblick das kleinere Problem. Sie sollten sich lieber mal Ihren Weinkeller ansehen, Mr Grover.«
»Wieso? Was ist da?« Grover erhob sich. »Und wie kommt ihr überhaupt in den Weinkeller?«
»Eine lange Geschichte.« Der Zweite Detektiv winkte ab. »Ist Mr Rubberwood noch im Haus?«
»Rubberwood?«, echote Grover. »Was ist mit Mr Rubberwood?«
»Rubberwood?«, sagten auch Justus und Bob.
»Wer, zum Geier, ist Rubberwood?«, fragte Parker.
»Und wer sind Sie?« Mr Grover sah Parker an.
»Darf ich vorstellen?« Peter wies auf Parker. »Mr Parker Mayfield.« Seine Hand wanderte zu dem Hotelchef. »Mr Aaron Grover.«
»Mayfield?« Grovers Blick wurde immer verwirrter.
»Der Urgroßneffe von Mr Dwight Mayfield, dem Erbauer dieses Hauses«, erklärte Justus.
»Ich weiß, wer Dwight Mayfield ist«, erwiderte Mr Grover. »Aber dass es noch Nachfahren von ihm gibt, ist mir neu. Was tun Sie hier?«
»Das spielt jetzt keine Rolle«, ging Peter dazwischen, »wir müssen sofort zu Mr Rubberwood.«
»Erst will ich wissen, was mit dem Weinkeller ist«, wider-

sprach Mr Grover und setzte sich Richtung Küche in Bewegung. »Rubberwood arbeitet oder schläft, der läuft uns nicht davon.«

»Da wäre ich mir nicht so sicher«, sagte Peter.

»Dann bleib du hier und pass auf. Ich sehe mir jetzt an, was im Weinkeller los ist.«

Justus und Bob begleiteten Aaron Grover und Spencer, Peter blieb mit Parker Mayfield in der Lobby zurück. Der Zweite Detektiv begab sich sofort zur Eingangstür, um die Lobby und den Parkplatz im Blick zu haben. Unruhig tigerte er hin und her.

»Was ist denn mit diesem Rubberwood?«, erkundigte sich Parker. »Wieso bist du dir da so sicher, dass er hinter allem steckt?«

»Das erzähle ich gleich, wenn alle dabei sind.« Peter blickte hinaus in die Nacht.

Zehn Minuten später kehrten die anderen zurück in die Lobby. Mr Grover war völlig aufgelöst. Er schüttelte immer wieder den Kopf, fuhr sich durchs Gesicht und murmelte irgendetwas vor sich hin. Auch Spencer hatte seine Gelassenheit verloren. Sein Blick war ernst, seine Lippen schmal.

Der Hotelchef blieb neben Peter stehen und sah auf seine Hände. »Ich weiß nicht, wovon ich das bezahlen soll! Unmöglich. Völlig unmöglich!«

»Sie sind doch bestimmt versichert«, meinte Bob.

»Was?« Mr Grover sah auf. »Versichert? Ach so. Ja. Aber was soll ich denen erzählen? Dass ein Kobold meinen Weinkeller verwüstet hat? Na toll.«

»Können wir jetzt zu Rubberwood gehen?«, drängte Peter.

»Dann wissen Sie vielleicht, was Sie Ihrer Versicherung sagen können.«
»Rubberwood! Ach ja! Der war das, sagtest du, nicht wahr? Rubberwood …« Ein verwirrtes Lächeln huschte über Aaron Grovers Gesicht, ein Anflug von Hoffnung.
»Finden wir's heraus. Welches Zimmer hat er?«
»Aber wie kommst du nur auf Rubberwood, Zweiter?«, wollte Justus nun endlich wissen. »Kannst du uns das mal erklären?« Was war ihm entgangen? Was wusste Peter, das er nicht wusste? Der Erste Detektiv hatte sich die letzten Minuten den Kopf darüber zerbrochen, aber ihm war einfach nichts eingefallen. Und das nagte an ihm.
»Wüsste ich auch gerne.« Bob nickte zustimmend.
Peter grinste Justus an. »Jetzt weißt du mal, wie das ist, wenn einen jemand schmoren lässt, nicht wahr?« Wie oft hatte Justus *sie* auf die Folter gespannt, weil er mit seinem Wissen nicht hatte rausrücken wollen. Jetzt konnte Peter den Spieß einmal umdrehen. Und das war ein irgendwie erfrischendes Gefühl, wie er fand.
Der Erste Detektiv verdrehte die Augen. »Kindergarten!«

Troy Rubberwood wohnte im ersten Stock in Zimmer 106. Als die ganze Mannschaft die Treppe nach oben marschierte, kam ihnen Mrs Schulz-Kirschbaum in ihrem wehenden Nachtgewand entgegen. Und Mrs Grover. Und Elodie mit Spookie auf dem Arm, der sofort höchst aufgeregt Parker ankläffte.
»Ich bringe sie wieder ins Bett.« Spencer fasste Mrs Schulz-Kirschbaum sanft am Ellenbogen, drehte sie vorsichtig auf

den Stufen um und geleitete sie wieder die Treppe hinauf. Die alte Dame seufzte nur kurz, wachte aber nicht auf. Und das, obwohl sich Spookie die Seele aus dem Leib quiekte. Elodie hielt ihm die Schnauze zu und das Kläffen wurde zu einer Art gedämpftem Schluckauf.

»Was ist denn hier los?« Mrs Grover, gehüllt in einen dünnen Morgenmantel, schaute irritiert von einem zum anderen.

»Party?« Elodie grinste und wiegte Spookie beruhigend hin und her. Aber der hatte nur Augen für Parker.

»Das weiß ich auch nicht«, erwiderte ihr Vater. »Komm mit, Liebling, vielleicht erfahren wir es gleich.«

»Aber was denn?«

Mr Grover zuckte nur die Schultern.

Als alle vor dem Zimmer mit der Nummer 106 angekommen waren, hob Peter die Hand und klopfte lautstark gegen die Tür. »Mr Rubberwood? Machen Sie bitte auf! Wir müssen mit Ihnen sprechen!«

Sie hörten Schritte. Rubberwood war also noch wach. Im nächsten Augenblick öffnete sich die Tür. »Ja bi–« Rubberwood zuckte erstaunt zurück. »Was … ist denn los? Ist was passiert?«

»Kann man so sagen. Dürfen wir rein?« Peter zeigte in das Zimmer.

»Äh, ja, aber … klar.« Rubberwood ging einen Schritt zur Seite. »Wo…worum geht es denn?«

Der Zweite Detektiv schaute sich kurz in dem Zimmer um. Doppelbett mit Nachtschränkchen, Kleiderschrank, ein Tisch, auf dem allerlei Papiere und Bücher lagen, zwei Stüh-

le, ein Sessel mit Stehlampe, ein Fernseher an der Wand. Rechts die Tür zum Bad stand halb offen.
»Wo ist es?« Peter sah Rubberwood herausfordernd an.
»Äh, wo ist was?«
»Das Gold natürlich!«
»Gold? Welches Gold?«, entfuhr es Mr Grover. Sein Gesicht spiegelte völlige Verblüffung wieder. »Wovon sprichst du?«
»Das wüsste ich auch gerne.« Rubberwoods Blick war nicht viel intelligenter als der von Mr Grover.
»Was geht hier vor?«, fragte Mrs Grover streng.
Elodie dagegen lächelte nur amüsiert. »Ist ja richtig lustig heute Abend.«
Spencer stieß wieder zu ihnen. »Hat hier jemand gerade was von Gold gesagt?«
Der Zweite Detektiv ließ sich nicht aus dem Konzept bringen. Er fuhr seinen Zeigefinger aus und zielte auf Troy Rubberwood. »Ich habe Sie heute gesehen! Und wissen Sie wo?«
Rubberwood schüttelte den Kopf. »N-nein.« Noch wirkte er etwas eingeschüchtert, aber in seinen Augen blitzte auch ein Funken Erheiterung.
Peter machte eine kleine Kunstpause, lächelte bissig. »Im Cheerful Chicken!« Dabei stieß er die beiden letzten Wörter förmlich hervor. Dann blickte er sich siegessicher um.
Doch was ihm begegnete, waren nur ratlose Blicke.
Das Lächeln schwand aus Peters Gesicht »Cheerful Chicken! Na? Dämmert's? Dieser Mann da«, er zeigte erneut auf Rubberwood, »zieht sich Hühnchen rein! Er mietet sich für teures Geld in ein veganes Hotel ein, ist aber Fleischesser! Kommt schon!« Peter breitete die Arme aus. »Das ist doch

mehr als verdächtig! Außerdem schreibt er ein Buch über dieses Haus und weiß vermutlich nur allzu genau, was hier versteckt ist und wo er nach dem Zeug suchen musste. Und er ist klein und sportlich!«

Für einen Moment herrschte Schweigen. Justus kniff die Lippen zusammen und sah zu Boden, Bob betrachtete die Vorhänge.

»Ich verstehe kein Wort«, sagte schließlich Mr Grover.

Troy Rubberwood räusperte sich. »Abgesehen davon, dass ich alles andere als sportlich bin, muss ich tatsächlich gestehen, dass ich kein Vegetarier und schon gar kein Veganer bin.«

»Da habt ihr's!«, stieß Peter hervor.

»Aber«, fuhr Mr Rubberwood fort, »ich bin ja auch nur hier, um für mein Buch zu recherchieren. Ich dachte mir, es könnte nicht schaden, wenn ich in dem Haus wohne, das Dwight Mayfield erbaut hat.«

»Das ist eine Ausrede!«, konterte Peter.

»Zweiter!« Bob fasste seinen Freund am Arm. »Lass gut sein.«

»Aber wieso denn?« Peter wand sich los.

»Mr Rubberwood ist nicht schwindelfrei. Er hat Höhenangst.«

Der Zweite Detektiv brauchte einen Moment, bis er die Bedeutung dieser Information verstand. Doch dann fiel seine selbstgewisse Miene mit einem Mal in sich zusammen. »Er hat … bist du dir da sicher?«

»Ziemlich.«

Peter vergrub sein Gesicht in seiner Hand. »Oh Mist!«

Mrs Grover drängte sich nach vorne. »Könnt ihr uns jetzt

endlich mal verraten, was hier gespielt wird? Du da!« Sie stieß Justus an.

»Äh, wie bitte?« Der Erste Detektiv löste seinen Blick von der Stehlampe hinter dem Sessel.

»Na, du bist doch der Chef eurer Bande. Was habt ihr uns hier eingebrockt?«

Justus betrachtete noch einmal nachdenklich die Motte, die um das Licht der Stehlampe herumflatterte. »Kein Vegetarier, hm.« Sein Blick glitt aufmerksam über die Anwesenden. Selbst Spookie betrachtete er interessiert.

»Na los jetzt!« Mrs Grover wurde zunehmend ungehalten.

»Dürfte ich voher noch ganz kurz telefonieren?«

Was weiß Spookie?

»Du willst jetzt telefonieren? Wieso? Nein!« Mrs Grover schüttelte energisch den Kopf.
»Dauert nicht lang.« Justus holte sein Handy aus der Tasche, wählte eine Nummer und ging zur Tür. »Hallo? Tante Mathilda? Ich bin's. Habe ich dich geweckt?« Der Erste Detektiv trat auf den Gang und schloss die Tür hinter sich.
»Also so was!«, empörte sich Mrs Grover. Ihr Mann nickte halbherzig, Elodie grinste und Spookie wurde allmählich leiser. Allerdings eher vor Erschöpfung, denn sein panischer Blick klebte nach wie vor an Parker Mayfield. Der und Troy Rubberwood wussten offenbar nicht so ganz, was sie von alldem halten sollten. Spencer dagegen beobachtete die Vorgänge still und aufmerksam.
»Er ruft Tante Mathilda an?«, raunte Bob Peter zu.
»Mich musst du nicht fragen«, erwiderte der Zweite Detektiv. Die Sache mit Rubberwood war ihm immer noch äußerst peinlich.
Zwei Minuten später kam Justus zurück. »So. Alles geregelt.« Er lächelte zufrieden. »Dürfte ich Sie dann alle bitten, mit uns in den Weinkeller zu kommen? Dort werden wir Ihnen gerne umfassend Auskunft über die seltsamen Vorgänge in diesem Haus geben. Und«, er wandte sich den Grovers zu, »könnte bitte jemand Mr Desmond Cathpole verständigen und ihn bitten, sich zu uns zu gesellen?«
»Was? Den? Wieso?«, keifte Mrs Grover.
Justus sah Elodie an. »Elodie?«

»Warum nicht?« Sie zuckte die Achseln. »Vielleicht wird's ja noch lustiger.«
»Danke. Dann bitte nach Ihnen.« Wie ein guter Gastgeber wies Justus zur Tür.
Peter und Bob blieben ein Stück hinter den anderen und hielten ihren Freund zurück. Sie wollten unbedingt wissen, welche neuen Informationen der Erste Detektiv hatte und was er im Schilde führte. In knappen, geflüsterten Worten legte er ihnen seine Vermutungen dar.
»Das wäre ja der Oberhammer!« Peter pfiff leise durch die Zähne. »Mannomann!«
»Das kann man wohl sagen«, fand auch Bob.
Als die kleine Gruppe im Weinkeller angekommen war, brach bei Mrs Grover das blanke Entsetzen aus. Sie schlug die Hände über dem Kopf zusammen, wehklagte und jammerte und inspizierte jede Ecke des verwüsteten Raumes. Auch Elodie war kurzzeitig erstaunt, als sie und Desmond Cathpole zu den anderen stießen. Der hingegen interessierte sich weniger für den Keller als vielmehr für die Anwesenden. Misstrauisch sah er sich um.
Justus bemerkte, wie sein Blick ganz kurz auf Parker Mayfield verweilte. Ein unschlüssiger, fragender Blick.
Der Erste Detektiv stellte sich neben den verkohlten Durchlass zum Geheimgang. »Es wird«, begann er mit bedeutungsvoller Stimme, »die wenigsten in diesem Raum überraschen, dass hier ein Geheimgang beginnt, der sich bald gabelt und dann an einem Schachtgitter hinter dem Hotel sowie an einer Tapetentür im Meditationsraum endet. Spencer, können vielleicht Sie uns Genaueres über diesen Gang berichten?«

Außer Troy Rubberwood blickte keiner in den Durchgang, alle Augen waren auf Justus und Spencer gerichtet.
»Den hat sich der alte Dwight damals bauen lassen, damit er unbemerkt ausbüxen konnte.« Spencer lachte in sich hinein. »Seine Frau Gwendolyn hat ihn nie aus den Augen gelassen. Am liebsten hätte sie ihn wahrscheinlich in Ketten hinter sich hergeschleift, hehe. Als sie mal auf Kur war, hat er den Gang angelegt, um nachts runter in die Stadt oder eben hierher verschwinden zu können. Der alte Schluckspecht.«
»Und ist die Wand mit dem großen Gemälde im Meditationsraum auch zu seiner Zeit eingezogen worden?«, hakte Bob nach. »Wir haben alte Baupläne gefunden, auf denen zu sehen ist, dass der Raum ursprünglich länger war als heute.«
»Nein, das waren wir«, erklärte Mrs Grover. »Wir konnten das Gemälde nicht auf der Außenwand anbringen. Daher mussten wir eine neue Wand einziehen.«
»Nur für das Gemälde? Warum ist die Nische dahinter dann ungefähr zwei Meter tief?«, fragte Peter.
»Aus … Stabilitätsgründen«, erwiderte Aaron Grover. »Da drin sind Stützen, die die Wand fixieren. Falls sich mal jemand dagegenlehnt.« Er lächelte unbeholfen.
»Ah ja. Verstehe.« Der Zweite Detektiv nickte langsam.
»Aber was reden wir hier eigentlich so lange um den heißen Brei herum!«, geiferte Mrs Grover und zeigte mit einem lila lackierten Fingernagel auf Desmond Cathpole. »Der da ist für alles verantwortlich! Sie waren das! Geben Sie's zu! Seit Sie hierhergezogen sind, wollen Sie uns nur Schlechtes!«
»Blödsinn.« Cathpole hob müde die Augenlider. »Ich weiß ja nicht mal, warum ich hier herunterkommen sollte.«

»Mr Cathpole«, ergriff Justus das Wort, »ist tatsächlich schuldlos an den Zerstörungen. An der allgemeinen Verwirrung trägt er dagegen durchaus seinen Anteil. Und warum, das kann uns Spookie verraten.« Der Erste Detektiv drehte sich zu Elodie um.

Die junge Frau lachte. »Bitte? Spookie kann prima kläffen und pupsen, aber reden kann er noch nicht.«

»Ja, aber er kläfft nur die Menschen an, die er nicht kennt. Und Mr Cathpole«, der Erste Detektiv deutete auf den jungen Mann, »scheint ihn in keinster Weise zu beunruhigen.«

Jetzt bemerkten das auch alle anderen. Spookie würdigte Desmond Cathpole keines Blickes. Wer ihm Angst einjagte, war Parker. Nur Parker.

»Und der Grund dafür ist«, fuhr Justus fort, »dass ihr, du und Mr Cathpole, ein Paar seid! Deswegen kennt Spookie ihn und deswegen kennt Mr Cathpole den Geheimgang und hat den Schlüssel für den Meditationsraum. So hat er sich immer zu dir geschlichen, habe ich recht?«

Alle sahen Elodie und Cathpole an. Beide schwiegen.

»Was?« Mrs Grover spuckte das Wort förmlich aus. »Nein! Elodie! Sag, dass das nicht stimmt! Du und dieser –«

»Mutter! Halt den Mund!« Elodie ergriff die Hand ihres Freundes. »Ja, wir sind zusammen! Schon seit drei Monaten! Und jetzt ist Schluss mit der Heimlichtuerei! Finde dich damit ab, Mum! Ich liebe Desmond!«

Mrs Grover starrte ihre Tochter fassungslos an. Ihr Mann zuckte nur schicksalsergeben die Schultern.

»Sie rauchen, Mr Cathpole, nicht wahr?«, erkundigte sich Justus und blickte auf die Hände des Mannes.

»Ja. Wieso?«

»Nur so.« Justus dachte an die glimmende Zigarette über dem Gitterschacht. Und keiner der anderen Anwesenden hatte die typischen gelben Verfärbungen eines Rauchers an seinen Fingern.

»Waren Sie es eigentlich, dem ich vorletzte Nacht durchs Hotel hinterhergehetzt bin?«, fragte Bob Mr Cathpole.

»Sorry.« Cathpole lächelte entschuldigend. »Hast du dir eigentlich wehgetan? Irgendwas krachte da runter.«

»Nein, war nur ein Bilderrahmen. Und geflüchtet sind Sie durch den Meditationsraum?«

»Yep.«

»Aber heute Abend haben *Sie* sich wehgetan«, sagte Peter zu dem jungen Mann. »Weil jemand Sie niedergeschlagen hat.« Er drehte sich zu den anderen um. »Jemand, dem Sie in die Quere kamen, als er sich das Gold holen wollte.«

»Schon wieder!«, ging Mrs Grover dazwischen. »Von welchem Gold sprecht ihr dauernd?«

»Ja. Welches Gold?«, wollte auch ihr Mann wissen.

»Hier ist was los.« Elodie kicherte ihrem Freund zu. »Besser als Fernsehen.«

»Doch nicht etwa Dwight Mayfields Gold?«, fragte Rubberwood.

Cathpole nickte Peter zu. »Ja, so ein kleines, buckliges Etwas hat mich ausgeknockt. Ich erinnere mich wieder, aber hab's nur aus den Augenwinkeln gesehen. Und auf einmal gingen die Lichter aus. Mir brummt immer noch der Schädel.«

Kleines, buckliges Etwas. Die drei Jungen warfen sich einen vielsagenden Blick zu.

»Armer Schatz.« Elodie gab ihm einen Kuss auf die lädierte Schläfe.
»Welches Gold?« Mrs Grover war auf einmal völlig egal, dass ihre Tochter den verhassten Nachbarn küsste. »Wo? Wo war das Gold? Hier bei uns? Im Hotel?«
»Im Weinkeller. Unter den Steinen«, sagte Parker grimmig.
»Dann waren Sie das alles?« Mrs Grover starrte Parker an. Ihre Stimme überschlug sich vor Aufregung. »Sie haben den Brand gelegt! Und uns bestohlen! Wer sind Sie überhaupt?«
»Das ist Mr Parker Mayfield«, informierte sie Bob. »Der Urgroßneffe von Mr Dwight Mayfield.«
»Ja? Und? Was hat das mit dem Gold zu tun? Und um welches Gold, zum Teufel, geht es hier überhaupt? Kann mich vielleicht mal jemand aufklären?« Patricia Grover drehte sich abrupt zu ihrem Mann um. »Aaron, sag doch was!«
»Ich weiß auch nichts, Liebling.«
Justus räusperte sich. »Bevor wir Ihnen erklären, was es mit dem Gold auf sich hat, möchte ich zunächst Mr Mayfield entlasten. Auch ihn trifft unseres Erachtens keine Schuld an dem Chaos hier. Er wusste zwar von dem Gold, aber vermutlich erst durch uns. Ist es nicht so, Parker?«
Parker lächelte missmutig. »Das Gedicht war's. Ich hab die ganze Zeit geahnt, dass der alte Dwight seine Kröten irgendwo in diesem alten Kasten versteckt hatte. Aber ich hatte keine Ahnung, wo. Bis ihr mir das Gedicht unter die Nase gehalten habt.«
»Das Gedicht aus der Lobby?«, mischte sich Mr Grover ein. »Sprechen Sie davon?«
»Genau«, erwiderte Bob. »Und entgegen Ihren Aussagen,

Parker, ist Ihnen das Gedicht durchaus schon vorher bekannt gewesen, nicht wahr? Weil Sie es als Kind oft genug an der Wand gesehen und vermutlich auch gelesen haben. Als Sie in Mayfield Hall zu Besuch waren.«

»Was Sie uns übrigens auch verschwiegen haben«, ergänzte Peter. »Genauso wie die Tatsache, dass Sie Daisys kleiner Sonnenschein waren und sie sehr gut kannten.«

»Woher wisst ihr das alles?«, knurrte Parker Mayfield.

»Wir sind Detektive«, antwortete Justus, »und wir verstehen unser Handwerk.«

»Offenbar.« Parker verzog das Gesicht. »Gratuliere.«

Justus deutete auf die herumliegenden Pflastersteine und die Löcher. »Aber als Sie die Zusammenhänge endlich erkannt hatten und sich das Gold holen wollten, stellten Sie fest, dass Ihnen jemand anderes zuvorgekommen war.«

»Ich könnte mich in den Hintern beißen!«, ärgerte sich Parker. »Ich war so dicht dran, so dicht!«

»Ach ja?« Mrs Grover schnitt eine hämische Grimasse. »Und das sollen wir Ihnen glauben? Sie lügen doch wie gedruckt!«

Parker Mayfield lächelte gelangweilt. »Glauben Sie, was Sie wollen.«

Aaron Grover schüttelte den Kopf. »Ich verstehe das alles nicht. Das Gold, das Gedicht, jemand, der mir den Keller abfackelt, Geheimgänge.« Er blickte die drei Jungen verwirrt an. »Könnt ihr nicht endlich mal Licht in die Sache bringen? Deswegen sind wir doch hier unten!«

Desmond Cathpole verschränkte die Arme und blickte belustigt von einem zum anderen. »So was nennt man wohl schlechtes Karma.«

»Ich weiß nicht, was es da zu lachen gibt!«, fuhr ihn Mr Grover an.
»Ich schon. Erst ziehen Sie mit Ihrem geheuchelten Erleuchtungsgetue den Leuten das Geld aus der Tasche und dann zündet Ihnen jemand den Keller an, in dem Goldmünzen herumliegen, von denen Sie aber nichts wissen. Wenn das mal nicht witzig ist.«
Peter horchte auf. »Woher wissen Sie, dass es um Gold*münzen* geht?«, fragte er.
Desmond Cathpole bückte sich, griff in eines der Löcher und hielt auf einmal eine glänzende Goldmünze in seiner Hand. »Hier. Deswegen.«

Spieglein, Spieglein

Rubberwood kam einen Schritt näher. »Eine 20-Dollar-Double-Eagle-Goldmünze! Wow!«
Elodie nahm ihrem Freund die Münze aus der Hand. »Die ist nur 20 Dollar wert?«, wunderte sie sich. »So schwer, wie die ist, muss das doch pures Gold sein.«
Rubberwood schüttelte den Kopf. »20 Dollar waren damals der Ausgabewert. Heute ist diese Münze ungefähr 1000 Dollar wert.«
»1000 Dollar!«, platzte Elodie heraus und machte große Augen. »Das ist doch mal 'ne Ansage!«
Mrs Grover ging wieder zum Angriff über und zeigte mit dem Finger auf den Freund ihrer Tochter. »Und Sie wussten, dass die da drin ist!«
»Herrgott!« Cathpole verdrehte die Augen. »Weil ich sie da drin gesehen habe!«
»Behaupten Sie!«
Justus hob die Arme. »Meine Herrschaften, ich bitte Sie. Mr Grover, ich werde versuchen, Ihrem Wunsch zu entsprechen und Licht in die Sache zu bringen. Sagt vielleicht jemandem die Executive Order 6102 etwas?«
Viele fragende Blicke trafen den Ersten Detektiv.
»Natürlich«, sagte Troy Rubberwood. »Die Executive Order ist eine Regierungsverordnung aus dem Jahr 1933 und wurde –« Unvermittelt hielt er inne. Seine Augen wurden größer. »Natürlich!«, rief er noch einmal, als hätte er jetzt endlich etwas verstanden. »Das ist es!«

Justus nickte ihm zu. »Damit alle die Zusammenhänge verstehen, muss ich etwas weiter ausholen. 1929 wurde unser Land von einer Wirtschaftskrise ergriffen, die später als die große Weltwirtschaftskrise in die Geschichte eingehen sollte. Das dürfte allen bekannt sein.«

Einhelliges Nicken, aber weiterhin fragende Blicke.

»Gut. Mr Dwight Mayfield«, fuhr Justus fort, »war ein besonnener Unternehmer, wie wir wissen, der sich 1928 aus dem Geschäftsleben zurückzog und seine Firmenanteile zu Geld machte. Offenbar war er daraufhin hellsichtig genug, um die Wirtschaftskrise zu erahnen. Daher kaufte er für all sein Geld krisensicheres Gold. Wie es scheint, in 20-Dollar-Double-Eagle-Münzen.«

»Genau!« Rubberwood zeigte auf Justus und war ganz aufgeregt. »Er hat sein Vermögen tatsächlich in Gold angelegt, wie ich es vermutet habe! Und das hat er dann versteckt! Mann, das muss unbedingt in mein Buch! Das ist ja der Knüller!«

Elodie hob die Hand. »Kurze Frage. Du sagtest ›krisensicheres Gold‹. Das heißt, dass Gold nicht an Wert verliert, wenn die Wirtschaft den Bach runtergeht, richtig?«

»Ja«, bestätigte Justus. »Normales Geld kann in so einer Krise innerhalb von Tagen oder sogar Stunden vollkommen wertlos werden. Man nennt das Inflation. Aber ein Edelmetall wie Gold wird in solchen Zeiten eher noch wertvoller.«

»Und woher wusste Mayfield, dass 1929 alles zusammenbricht?«, fragte Grover.

»Wenn man damals einigermaßen aufmerksam war, konnte man das zumindest vermuten«, erwiderte Justus. »Die Zeichen waren da. Aber viele waren einfach blind vor Habgier und wollten das nicht sehen oder sie hatten schlichtweg keine Ahnung von wirtschaftlichen Zusammenhängen.«

»Okay, okay.« Elodie kniete sich hin und schaute in einige der Löcher. »Und dann hat er die Münzen hier unter dem Pflaster versteckt. Wieso?«

»Ja, wieso?«, fragte Mr Grover. »Und was hat das mit dem Gedicht zu tun?«

»Hier kommt die Executive Order 6102 ins Spiel.« Der Erste Detektiv machte eine kurze Pause, um die Spannung zu erhöhen. Aber als er sah, dass Rubberwood zu einer Erklärung ansetzte, sprach er schnell weiter. »Die Wirtschaftskrise hielt unser Land lange in ihrem Würgegriff. So lange, dass dem Staat das Geld auszugehen drohte. Um das zu verhindern, verfügte Präsident Franklin D. Roosevelt ein privates Handels- und Besitzverbot für Gold.«

Die Anwesenden mussten kurz nachdenken, was das bedeutete.

»Aber das heißt ja, dass man …« Aaron Grover verstummte.

»Das heißt, dass jeder Privatmann, der Goldmünzen, Goldbarren oder sogar Goldaktien besaß, dieses Gold bei staatlichen Annahmestellen in Geld umtauschen musste«, führte Justus den Satz zu Ende. »Und das zu einem für ihn sehr ungünstigen Kurs. Dwight Mayfield hätte für einen Großteil seines Besitzes wieder Geld bekommen, das einen Tag später vielleicht schon nichts mehr wert gewesen wäre. Deswegen hat er das Gold versteckt. Dummerweise starb er aber dann so plötzlich, dass er Daisy nicht mehr sagen konnte, dass es das Gold überhaupt gibt, geschweige denn, wo es ist.«

»Wow!« Elodie kroch zum nächsten Loch. »Darling, hilf mir mal. Vielleicht liegen hier ja noch mehr Münzen in den Löchern.«
»Da ist nichts, ich habe schon überall nachgesehen«, knurrte Parker.
»Offenbar nicht genau genug«, erwiderte Cathpole. Doch weitere Münzen fanden auch er und Elodie nicht.
»Aber irgendjemand«, Bob ließ seinen Blick über die im Raum Versammelten gleiten, »muss herausgefunden haben, wo die Goldmünzen waren, und hat sie sich geholt.«
Mrs Grover hatte eine neue Idee. »Spencer!« Sie trat auf den alten Hausmeister zu. »Natürlich! Ha! Du lebst seit Urzeiten hier! Wenn jemand die Geheimnisse dieses alten Kastens kennt, dann du! Du hast dir das Gold unter den Nagel gerissen, stimmt's?«
Spencer hüstelte. »Mam, ich darf Ihnen versichern, dass mir das alles genauso neu ist wie Ihnen.«
»Jaja. Und gleich kommst du mir noch damit, dass du dich ja auch gar nicht mehr hinknien kannst, um die Pflastersteine rauszuhebeln, und dass dein Kreuz zwickt! Aber im Garten Unkraut jäten geht noch, oder?«
»Mam, ich –«
Ein Geräusch ließ alle herumfahren! Ein Schaben und Kratzen. Als würde Metall über einen harten Untergrund gezogen.
»Das Gitter!« Peter zeigte zum Geheimgang. »Das Gitter vom Schacht!«
Justus war völlig konsterniert. »Aber das ist doch … Ich verstehe das nicht. Ich dachte …«

»Kommt schon!« Peter spurtete los. Er zwängte sich durch den zerstörten Eingang und schaltete seine Taschenlampe ein. Bob folgte ihm, während Justus im Weinkeller blieb und anfing, seine Unterlippe zu kneten.
Als der Zweite Detektiv an der Schachtöffnung ankam, stellte er fest, dass das Gitter auf die Öffnung geschoben – und verriegelt worden war.
»Wer war das?« Peter rüttelte am Gitter und versuchte dann, die Verriegelung zu lösen. »Wir haben das doch offen gelassen, oder?«
»So habe ich das auch in Erinnerung«, sagte Bob. »Komm, lass uns zurückgehen. Wer auch immer da raus ist, ist längt über alle Berge.«
Irritiert kehrten sie zu den anderen zurück.
»Also, Spencer!« Mr Grover schaute seinem Hausmeister in die Augen. »Steckst du dahinter?«
Justus riss sich aus seinen Gedanken. »Nein! Mr Spencer kann es nicht gewesen sein. Das werden Sie nachher verstehen. Lassen Sie uns aber erst auf das Gedicht zu sprechen kommen. Parker?«
Parker Mayfield zuckte zusammen. »Ich? Was willst du von mir?«
»Gehe ich recht in der Annahme, dass Sie eine Abschrift des Gedichtes bei sich haben? Und zwar in der Version, wie sie oben in der Lobby an der Wand hängt.«
»Wieso … Wie kommst du darauf?«
»Sie sagten selbst, dass Sie hierherkamen, um sich das Gold zu holen. Ohne das Gedicht wäre das ein sehr langwieriges Unterfangen geworden.«

Parker knurrte etwas Unverständliches, dann zog er ein gefaltetes Blatt Papier aus der Tasche. »Hier.«
Der Erste Detektiv nahm das Blatt entgegen und entfaltete es. »Ein vergrößertes Foto.«
»Haben Sie das unbemerkt oben in der Lobby geschossen?«, fragte Bob.
Parker machte ein genervtes Gesicht. »Was wisst ihr eigentlich nicht?«
»In diesem Gedicht«, Justus drehte das Blatt um, sodass jeder den Text sehen konnte, »erkennen Sie zahlreiche hochgestellte Buchstaben.« Er hielt kurz inne. »Und einen entscheidenden Hinweis: In dieser Version taucht das Wort *Wein*berge auf. Im Original hingegen steht *Mond*berge. Wir haben diesen Umstand lange übersehen. Aber dann wurde uns klar, dass Mr Mayfield damit auf den Weinkeller anspielte!«
Peter ergriff das Wort. »Aber das ist längst nicht alles. Mr Mayfield machte sich einen Spaß daraus, die Behörden zu veräppeln, die ihm sein Gold wegnehmen wollten. Er hängte gewissermaßen die Schatzkarte für sein Gold vor aller Augen in der Lobby auf. Und keiner ahnte, dass es eine Schatzkarte ist!«
»Das Gedicht ist eine … Schatzkarte?« Aaron Grover runzelte die Stirn und starrte auf das Blatt Papier. »Wo? Wo ist da eine Schatzkarte? Ich sehe sie nicht.«
»Der Text ist die Schatzkarte«, informierte ihn Bob. »Der Titel verweist auf das Gold. *El Dorado* bedeutet so viel wie ›Der Goldene‹ und steht für einen legendären Schatz in Südamerika, der nie gefunden wurde. Das Wort *Wein*berge ist,

wie schon erklärt, ein Hinweis auf den Weinkeller und die hochgestellten Buchstaben verweisen auf …«

»… die Pflastersteine!«, rief Elodie und starrte zu Boden. »Es sind genau die Steine herausgehoben worden, wo im Gedicht diese Buchstaben stehen! Ist ja irre!«

»So ist es«, bestätigte Justus. »Die Buchstaben des Gedichtes bilden einen Teil des gepflasterten Bodens hier unten ab. Die westliche Wandseite entspricht dem linken Rand des Textes.«

Cathpole schürzte anerkennend die Lippen. »Ihr seid echt gut, alle Achtung! Wie seid ihr denn darauf gekommen?«

Der Erste Detektiv drehte sich zu Parker Mayfield um. »Eigentlich haben erst Sie mich darauf gebracht.«

»Ich?«

»Als ich bei Ihnen war und das Scrabble-Brett entdeckte. Sie hatten das Wort *Dorado* mit Scrabble-Steinchen gelegt und das ›d‹ war leicht nach oben verschoben. Da ging mir ein Licht auf. Die Pflastersteine mussten hochgehoben werden. So wie die Buchstaben im Gedicht. Wussten Sie damals schon, dass Ihr Urgroßonkel es genau so meinte? Dass die Buchstaben auf die Pflastersteine verweisen?«

»Nee. War nur so ’ne Idee. Irgendwo musste der Zaster ja sein.«

Mrs Grover wedelte ungeduldig mit der Hand. »Schön. Dann wissen wir das jetzt auch. Aber wer hat denn nun unser Gold gestohlen? Wer?«

»Ihr Gold?«, fuhr Parker auf. »Das Gold gehört meiner Familie! Das ist mein Gold!«

»Haben Sie ein Testament, wo das drinsteht?« Mrs Grover

reckte ihm das Kinn entgegen. »Haben Sie nicht, oder? Dann ist es unser Gold! Es lag auf unserem Besitz! Und ich will sofort wissen, wer es hat!«

»Dann«, Justus spielte wieder den Gastgeber und wies zur Tür, »begleiten Sie uns bitte alle in den Meditationsraum. Dort werden wir auch noch dieses letzte Rätsel lösen.«

Halsbrecherische Offenbarungen

Niemand murrte, weil man schon wieder den Standort wechselte. Jeder wollte jetzt unbedingt dieses letzte Geheimnis von Mayfield Hall ergründen und wissen, wer das Gold von Dwight Mayfield an sich genommen hatte. Mit Rücksicht auf Spencer wählte man allerdings den normalen Weg über die Küche und die Lobby, um in den Meditationsraum zu gelangen, und zwängte sich nicht durch den Geheimgang.

»Just!« Peter zupfte seinen Freund am Ärmel. Wieder blieben die drei Detektive ein Stück hinter den anderen zurück. »Wer kann das vorhin im Geheimgang gewesen sein? Ich dachte, wir hätten da unten alle beisammen?«

»Das dachte ich auch.« Justus legte die Stirn in Falten. »Ich habe wirklich keine Ahnung.«

»Hoffentlich gibt das keine böse Überraschung«, unkte Bob. Auf dem Weg wollte Justus seinen Freunden gerade berichten, warum er Tante Mathilda angerufen hatte, als Spencer in der schwach erleuchteten Lobby unvermittelt stehen blieb und sich umsah, als suchte er nach etwas.

»Was ist los, Spencer?«, fragte ihn Aaron Grover.

»Da stehen immer noch die Pfützen auf den Fliesen. Von den Jungs, die vorhin klatschnass reinkamen.« Er zeigte auf kleine Wasserlachen, die sich vom Eingang her quer durch die Lobby zogen. Nur wenn man in einem ganz bestimmten Winkel auf den Boden sah, konnte man sie im matten Licht schimmern sehen. »Wenn da jemand durchläuft, rutscht er aus und bricht sich den Hals. Ich sollte das wegmachen.«

»Könnten Sie das noch einen Moment hintanstellen?«, fragte Justus. »Wir brauchen Sie vielleicht.«
Spencer blickte Mr Grover an, der nickte. »Okay. Wird schon nicht gleich was passieren. Ist ja auch schon spät und kaum noch jemand auf den Beinen. Außer uns.«
Im Meditationsraum warteten die drei Detektive, bis sich alle um sie versammelt hatten. Spencer betrat den Raum als Letzter und ließ die Tür auf. Falls jemand durch die Lobby lief, könnte er ihn warnen.
»Das Gold«, begann Justus, »befindet sich in Besitz des Kobolds!«
»Was für ein Kobold?«, entfuhr es Mr Rubberwood.
»Eine durchaus zweckmäßige Verkleidung, die unseren Dieb vor einer Enttarnung schützen sollte, falls er auf seiner Suche nach dem Gold jemandem begegnete.« Justus sah kurz zur Tür hinüber, weil er meinte, dass sich dort draußen etwas bewegt hatte. Aber da war nichts. »Meine Tante war vor einigen Tagen in diesem Hotel zu Gast und ging, weil sie nicht schlafen konnte, hoch zur Dachterrasse. Dort traf sie dann, wie den meisten von Ihnen bekannt sein dürfte, auf den Kobold, der vor ihr floh, indem er die Feuerleiter des Turms hinabkletterte. Wir nehmen an, dass der Kobold in dieser Nacht überprüfte, ob das Gold unter den Platten der Dachterrasse zu finden ist.« Der Erste Detektiv machte eine kurze Pause, in der Elodie Troy Rubberwood kurz erklärte, was es mit dem Kobold auf sich hatte. Alle anderen schienen Bescheid zu wissen.
»Wichtig ist nun«, sprach Justus weiter, »dass sich meine Tante genau daran erinnern kann, die Tür zur Terrasse ver-

schlossen vorgefunden zu haben. Sie selbst stellte einen Stuhl vor die Tür, damit sie wieder reinkam.«

»Und?«, fragte Mrs Grover ungeduldig.

Bob hatte sofort verstanden, was das bedeutete. »Der Kobold, den sie da oben traf, hatte es offenbar nicht nötig, die Tür mit einem Stuhl oder etwas Ähnlichem zu blockieren. Wieso? Weil er von Anfang an plante, die Feuerleiter zu benutzen? Eher unwahrscheinlich angesichts der Gefahr, die insbesondere bei Dunkelheit damit verbunden ist.«

Jetzt wurden auch Peter die Zusammenhänge klar. »Er hatte einen Schlüssel! Er brauchte keinen Stuhl, weil er einen Generalschlüssel hatte, der auch für diese Tür passt!«

»So ist es!«, bestätigte Justus. »Und damit engt sich der Kreis der Verdächtigen, die alle hier im Raum sind, ein.« *Außer der Person am Schachtgitter*, dachte der Erste Detektiv für sich.

»Der Kobold ist hier?« Elodies Blick verfinsterte sich.

Alle schienen in ihrer Bewegung zu erstarren. Der Kobold war unter ihnen? Wer? Wer war es?

Bob übernahm. »Parker Mayfield hat unseres Wissens keinen solchen Schlüssel und er erfuhr von dem möglichen Versteck des Goldes auch erst *nach* dem ersten Auftreten des Kobolds. Mr Rubberwood besitzt ebenfalls keinen Schlüssel und leidet zudem vermutlich an Höhenangst. Keine gute Voraussetzung für eine gewagte Klettertour.«

»Elodie«, wandte sich Peter an die junge Frau, »du warst in der Nacht gar nicht hier, als Tante Mathilda den Kobold sah. Und Spencer, Sie klettern wohl keine Türme mehr rauf und runter, oder?«

»Natürlich! Das ist mein Ausgleichssport.« Er lachte.

Justus ergriff wieder das Wort und bewegte sich dabei langsam Richtung Altar. »Mr Grover, Sie sind viel zu groß, als dass Sie der Kobold sein könnten. Blieben Sie, Mr Cathpole. Sie haben sicher auch einen Generalschlüssel, um den Meditationsraum von innen aufzusperren, wenn Sie Elodie nachts besuchen.«

»Der Kerl hat auch noch einen Schlüssel?« Mrs Grover explodierte geradezu.

»Ich?« Desmond Cathpole zeigte mit dem Finger auf sich. »Ich soll dieser Kobold sein? Das ist eure Theorie?« Er ließ den Finger sinken. »Du spinnst doch!«

»Ja!«, sprang ihm Elodie bei. »Das ist absoluter Schwachsinn!«

»Ist es das?« Justus ging in die Knie und griff unter das Altartuch. Ein kleines hölzernes Tischchen war zu sehen, das sich darunter verbarg, außerdem ein paar Teelichte, ein Anzünder und Duftstäbchen darunter auf dem Boden. »Sie sind nicht allzu groß gewachsen, Sie wurden im Geheimgang überrascht und Sie hatten ein Motiv, den Grovers zu schaden.«

»Indem ich ihr Gold klaue? Von dem die gar nichts wissen?«

»Mein Gold!«, rief Parker wütend.

»Zum Beispiel, ja«, sagte Justus, dessen Hand weiter unter dem Altartischchen hin und her wanderte. Plötzlich hielt er inne. Ein feines Lächeln huschte über das Gesicht des Ersten Detektivs. »Aber es gibt ja noch jemanden, der einen Generalschlüssel hat. Jemanden, der dringend Geld braucht, um seine Leidenschaft, oder besser seine Sucht, zu stillen. Eine Leidenschaft, die er aber nicht offen ausleben kann. Nicht hier in diesem Haus, in dem niemand Tieren ein Leid antun

darf. Eine Leidenschaft, die er daher verstecken muss. Nicht wahr, Mrs Grover?«
Ein leises Klicken ertönte und wie von Zauberhand fuhr eine Hälfte des riesigen Wandgemäldes ein Stück vor, glitt über die andere zur Seite und gab den Blick frei auf die Nische dahinter. Und deren Inhalt.
»Halleluja!«, stieß Mr Rubberwood hervor, während Desmond Cathpole in ein unbändiges Gelächter ausbrach.
Die Nische war so etwas wie ein begehbarer Wandschrank und – voller Pelze! Mäntel, Jacken, Westen, Hüte – unzählige Kleidungsstücke aus den Fellen aller Arten von Tieren drängten sich auf zwei Stangen und in einem Regal! Und am Boden lagen neben einem grünen Pelzjäckchen, grünen Leggings und einem Topf mit Avocadocreme – ein gutes Dutzend Goldmünzen sowie ein Metalldetektor.
Mrs Grover schrie auf. Sie sprang nach vorne und stellte sich schützend vor ihre Pelze. In ihren Augen flackerte der Irrsinn. »Das ist meins!«, keuchte sie. »Niemand rührt das an! Das gehört mir. Auch das Gold!« Ihr Arm zeigte wild fuchtelnd zu Boden. »Alles meins! Das habe –« Ein erstickter Schrei entfuhr ihrer Kehle. »Was? Wo sind die Münzen?« Sie kniete sich auf den Boden, hob zwei Münzen auf. »Wo ist der Rest? Meine Münzen!« Sie sprang wieder auf, ihr Gesicht verzerrte sich zu einer wutschnaubenden Grimasse. »Wer von euch war das?«, fauchte sie die Umstehenden an.
»Weg da!«
Die drei ??? fuhren herum. Parker Mayfield hatte auf einmal eine Pistole in der Hand! Entschlossen schritt er auf die Münzen zu. »Das gehört mir!«

»Nein!«, kreischte Mrs Grover und wollte sich auf ihn stürzen. Aber ihr Mann ging dazwischen und schloss sie fest in seine Arme. »Nicht, mein Schatz. Alles wird gut. Beruhige dich doch.«
Parker sammelte die Münzen ein, ließ dabei die Anwesenden aber nicht aus dem Augen. »Wo ist der Rest? Die Alte sagte, dass da noch mehr war! Also!« Er fuchtelte mit seiner Waffe herum. »Wo ist das Gold?«
»Gute Frage«, flüsterte Justus Bob zu, der neben ihm stand. Peter befand sich ein gutes Stück rechts von seinen Freunden, nahe dem Wandgemälde und seitlich von Parker.
»Raus mit der Sprache!« Parker erhob sich und zielte mit der Pistole auf Desmond Cathpole. »Du! Hast du es?«
»Nein, ich –«
Ein dumpfer Laut war zu hören! Von draußen, aus der Lobby. In der nächsten Sekunde ertönten ein lautes Klimpern, ein dumpfer Schlag und dann ein Schrei! Ein Schmerzensschrei!
Parker richtete reflexartig seine Waffe auf die Tür. Diese Gelegenheit nutzte Peter. Er flog von der Seite heran, rammte Parker mit seinem ganzen Körper und stieß ihn zu Boden. Als beide aufschlugen, waren auch schon Justus und Bob zur Stelle. Der dritte Detektiv kickte die Waffe weg und Justus drehte Parker einen Arm auf den Rücken.
In der Lobby fing jemand wütend an zu fluchen und zu schimpfen: »Himmel, Gesäß und Bindfaden! Aua! Verflixt und zugenäht! Wieso ist das hier so nass! Verdammt noch eins! Ich werde euch alle verklagen!«

Tante Mathilda ist schuld

Für den nächsten Nachmittag lud Tante Mathilda die drei Jungen und Spencer zu Kaffee, Tee und Kuchen ein. Unter dem Kirschbaum hinter dem jonasschen Wohnhaus hatte sie eine festliche Tafel eingedeckt, auf der ihr legendärer Kirschkuchen den köstlichen Mittelpunkt bildete. Während bei strahlendem Sonnenschein ein Stück nach dem anderen auf den umstehenden Tellern landete, berichteten die drei Detektive, was sich im Hotel Lakshmi zugetragen hatte und wie alles zu erklären war.

»Eine Hoteldiebin!« Tante Mathilda klatschte erbost Sahne auf ihren Kuchen. »In dem Alter! Hoffentlich bekommt sie ordentlich blaue Flecken von dem Sturz!«

»Der richtige Name der guten Mrs Schulz-Kirschbaum ist übrigens Ruth Brown«, sagte Peter. »Hat mir einer der Polizisten erzählt. Die Masche mit dem Schlafwandeln war auch bekannt. Sie lauschte nachts an Türen, sah sich im Hotel um und sammelte so interessante Informationen. Danach klaute sie, was sie kriegen konnte, und verschwand dann heimlich, still und leise.«

»Aber dieses Mal nicht ganz so leise!« Bob lachte. »Unsere Pfützen haben ihr den Garaus gemacht und sie hat sich böse das Knie verdreht. Wir mussten sie und die restlichen Münzen nur noch einsammeln.«

»Und Parker hat die Polizei auch gleich mitgenommen«, ergänzte Peter. »Die Nummer mit der Pistole war ja nicht so ganz ohne.«

Spencer räusperte sich. »Aber woher wussten diese Mrs Brown und du, Justus, wo der Mechanismus für den Wandschrank war?«
Justus legte seine Kuchengabel auf den Teller. »Bei Mrs Brown kann ich darüber nur spekulieren. Sie könnte Mrs Grover beobachtet haben, als diese einmal den Schrank geöffnet hat. Mrs Brown kannte ja mittlerweile sogar den Geheimgang. Sicher ist sie Mrs Grover eines Nachts unbemerkt gefolgt, als die von einem ihrer Ausflüge nach Hause kam.«
»Mrs Brown war auch das mit dem Gitter, oder?«, erkannte Peter. »Als wir alle im Weinkeller waren.«
»Genau. Oder«, fuhr Justus fort, »Mrs Brown hat die gleichen Schlussfolgerungen gezogen wie ich. Der Mechanismus konnte nur da sein. Auf dem Gemälde wäre auf einem geheimen Schalter durch das viele Drücken die Farbe verblasst. Im Raum hätte jemand zufällig drankommen können und im Geheimgang wäre es zu kompliziert gewesen. Der Schalter musste an einer Stelle sein, die schnell zu erreichen, gleichzeitig aber auch unzugänglich und unauffällig war. Da schien mir der Altar am plausibelsten.«
Spencer nickte. »Patricia hat mir immer wieder gesagt, dass ich darunter nicht sauber machen soll.«
»Und die Motte hat euch auf die Idee gebracht, dass in der Nische hinter dem Gemälde Pelze sein könnten.« Onkel Titus wischte sich die Krümel aus seinem Bart. »Die Motte und die Fuchskralle.«
»Ich habe mich gewundert, dass da eine Kleidermotte herumflattert«, sagte Justus. »In dem Meditationsraum gab es nichts, wovon sie sich hätte ernähren können. Aber im Zu-

sammenhang mit der präparierten Kralle, die von einer Pelzstola abgefallen sein könnte, und dem Fell des Kobolds reifte in mir der Verdacht heran, dass es sich lohnen könnte, einen Blick in die Nische zu werfen.«

»Zumal am Ende ja nur Mrs Grover als Verdächtige übrig blieb«, ergänzte Bob. »Bei ihr passte alles: Die Statur, dass sie einen Schlüssel hatte, die zeitlichen Umstände und das Motiv, wenn das mit den Pelzen stimmte, was es dann ja auch tat. Pelze sind sehr teuer und das Hotel warf nicht allzu viel ab. Um so eine Leidenschaft zu finanzieren, braucht man schon eine Menge Geld.«

Onkel Titus tätschelte die Hand seiner Frau. »Das hast du auch schmerzlich erfahren müssen, Liebling, als du dir dieses Nerzjäckchen so sehr gewünscht hast, weißt du noch?«

»Erinnere mich nicht!«, knurrte Tante Mathilda. »Zweitausend Dollar für eine Jacke! Das ist doch verrückt!«

»Und Mrs Grover musste dann immer hinter diese Wand, wenn sie ihre Pelze mal anziehen wollte?«, überlegte Peter.

»Ich habe sie einmal spätabends mit einer großen Tasche wegfahren sehen«, sagte Bob. »Vielleicht waren da Pelze drin, die sie irgendwo außerhalb inkognito trug.«

»Sie fuhr oft nachts weg«, bestätigte Spencer. »Und kam dann erst Stunden später wieder. Ich habe mich schon immer gefragt, wo sie sich rumtrieb.«

»Ist auch irgendwie tragisch.« Peter nahm sich das vorletzte Stück Kirschkuchen. »Oder dämlich, ganz wie man's nimmt. Wenn ich die Finger nicht von Pelzen lassen kann, mache ich eben kein veganes Ich-tu-keinem-Tier-was-Hotel auf, oder?«

Tante Mathilda nickte. »Und ihr Mann wusste von alldem?«
»Ja«, bestätigte Bob, »ihr Mann und ihre Tochter. Wobei sie von den Dimensionen wohl auch überrascht waren, als sie den Wandschrank sahen. Aber beide waren machtlos und konnten ihr ihre Leidenschaft nicht ausreden.«
»Elodie war allerdings mächtig genervt von dem scheinheiligen Getue ihrer Mutter.« Peter nahm ein großes Stück Kirschkuchen auf die Gabel. »Passt ja, dass sie dann mit Desmond ein Paar wurde.«
Spencer goss sich noch eine Tasse Tee ein. »Aber woher wusste Patricia, dass da Gold war und wo sie es suchen musste?«
Justus schielte auf das letzte Stück Kirschkuchen, das Anstandsstück. Er hatte ja schon drei Stücke gehabt. »Na ja, Mrs Grover ist eine kluge Frau, trotz allem. Über das Manuskript von Mr Rubberwood erfuhr sie von der Geschichte des Hauses, kam von dem Gedanken an das verschwundene Vermögen nicht los und hatte dann wie wir die Idee, dass das *El-Dorado*-Gedicht damit zu tun haben könnte. Da machte sie sich auf die Suche nach dem Gold und wurde fündig.«
»Und das als Kobold getarnt, um nicht erkannt zu werden, falls sie auf einen Gast traf?« Onkel Titus schien nicht überzeugt.
»Ich glaube«, Justus rückte ein kleines Stück nach vorne und näherte sich vorsichtig dem letzten Stück Kuchen, »dass Tante Mathilda daran ihren Anteil trägt.«
»Ich?« Tante Mathilda stellte klirrend ihre Tasse ab und sah ihren Neffen höchst erstaunt an. »Was soll ich damit zu tun haben?«

»Ich bin mir nicht sicher, aber ich könnte mir vorstellen, dass diese Verkleidung eher aus einem Zufall heraus entstanden ist.«
»Jetzt bin ich aber gespannt.« Tante Mathilda stützte ihre Ellenbogen auf den Tisch.
»Ich denke mir das so.« Justus schob seine Hand wie zufällig Richtung Tortenheber. »Mrs Grover will nachts auf der Dachterrasse überprüfen, ob sich das Gedicht auf die Platten bezieht, die dort liegen. Da sie sich da oben um diese Zeit alleine wähnt, geht sie in ihrer Nachtmontur hinauf: Avocado-Gesichtsmaske, aufgebürstete Haare, grüne Schlafhose und ein leichtes, grün gefärbtes Bisamjäckchen. Und als sie dich damit erschreckt, entsteht bei ihr der Gedanke, in Zukunft immer als Kobold nach dem Gold zu suchen.«
»Und das Pochen des Herzens?«, fragte Onkel Titus. »Woher kam das?«
»Von dem Detektor«, erklärte Bob. »Genauso wie das grüne Licht. Das Display des Detektors leuchtet grün.«
»Aha.« Tante Mathilda runzelte die Stirn. »Die Dame kam also nur auf die Idee, weil meine Fantasie mit mir durchgegangen ist. Das wollt ihr doch damit sagen.«
Justus zuckte die Schultern und lächelte entschuldigend. »Vielleicht hatte sie die Idee ja auch schon vorher.«
Spencer putzte sich den Mund mit einer Serviette ab. »Ich hätte noch eine Frage.« Er wurde ernst. »Wie erklärt ihr euch, dass Patricia da unten Feuer gelegt hat? Wollte sie euch wirklich … ihr wisst schon?«
»Das haben wir uns auch schon gefragt«, antwortete Peter. »Sie hat uns da unten aus dem Gang heraus belauscht. Und

wahrscheinlich hat sie Panik bekommen, als ich sagte, dass ich nun den Schuldigen kenne. Ich hielt zu dem Zeitpunkt ja Rubberwood für den Verantwortlichen, habe das aber nicht gesagt, weil ich die Bombe erst in dessen Zimmer platzen lassen wollte. Und da sind bei Mrs Grover wohl die Sicherungen durchgebrannt.«

»Justus!«, rief Tante Mathilda und klopfte ihrem Neffen auf die Hand. »Du willst doch wohl nicht klammheimlich das letzte Stückchen Kuchen stibitzen, oder?«

Der Erste Detektiv ließ sofort den Tortenheber fallen. »Äh, nein, natürlich nicht. Will vielleicht jemand …?«

»Mr Spencer, Sie hatten ja erst ein Stück!« Tante Mathilda beugte sich nach vorne und schaufelte Spencer das letzte Stück auf den Teller. Justus' Blick folgte ihm sehnsüchtig. »Noch Tee?«

»Sehr freundlich, gerne.«

»Und?« Bob sah Spencer an. »Was machen Sie denn jetzt mit dem ganzen Gold? Es gehört ja Ihnen. Der Schatz lag auf Ihrem Grund und Boden. Führen Sie das Hotel weiter?«

»Ich glaube nicht. Aaron hat angedeutet, dass er die Pacht nicht verlängern will. Mal sehen. Vielleicht mache ich ja ein Geisterhaus draus und veranstalte Gruselnächte!«

Alle am Tisch lachten. Justus allerdings nur halbherzig. Sein Blick ruhte immer noch auf dem Kirschkuchen.

»Aber eine Sache, die ich kaufen werde, weiß ich schon«, fuhr Spencer fort.

»Und das wäre?«, wollte Peter wissen.

»Es wird zwar nur ein sehr mangelhafter Ersatz sein und nie und nimmer an das Original heranreichen.« Spencer grinste

breit. »Aber ich werde alles daransetzen, für Justus noch einen weiteren Kirschkuchen aufzutreiben!«
Erneut hallte Gelächter über den Schrottplatz und Peter knuffte Justus in die Schulter.
Und obwohl der Erste Detektiv spürte, dass er knallrot anlief, konnte er nach einer Weile auch herzlich mitlachen.